东方的太阳

谭仲池 著

人民文学出版社

图书在版编目(CIP)数据

东方的太阳/谭仲池著.—北京:人民文学出版社,2011

ISBN 978-7-02-008471-5

Ⅰ.①东… Ⅱ.①谭… Ⅲ.①政治抒情诗—中国—当代 Ⅳ.①I227.2

中国版本图书馆 CIP 数据核字(2011)第 025719 号

责任编辑:王 晓
责任校对:李晓静
责任印制:张文芳

人民文学出版社出版

http://www.rw-cn.com

北京市朝内大街 166 号　邮编:100705

北京天来印务有限公司印刷　新华书店经销

字数 89 千字　开本 680×1000 毫米 1/16　印张 13　插页 2

2011 年 5 月北京第 1 版　2011 年 6 月第 2 次印刷

印数 6001-18000

ISBN 978-7-02-008471-5

定价 26.00 元

如有印装质量问题,请与本社图书销售中心调换。电话:01065233595

作者像

目　　录

岁月中那些花瓣
　　——谭仲池长诗《东方的太阳》读感 ……………………… 谢　冕 1
历史的寻梦者
　　——序谭仲池抒情长诗《东方的太阳》 ………………………… 熊召政 1

序诗 …………………………………………………………………………… 1
　　　让我们宣布：整个可以感觉到的世界必定会加快步伐朝我们走来，和我们
　　融为一体，创造出一部只受创造性本能支配的和谐。
　　　　　　　　　　　　　　　　　　　　　　　　　　　　——波丘尼

第一章　东方之梦 ………………………………………………………… 4
　　　太遥远太遥远的昨天，太多太多的传说，中国文明史上一座又一座的里程碑，会
　　让我们久远的记忆变得凝重苍凉，变得庄严沉静。然而对于一个古老的国家，一个
　　古老的民族，伫立历史的河岸，望着黄河、长江的滚滚逝水，我相信从古到今乃至未
　　来，它曾经的辉煌、沉浮、悲壮、雄奇，它曾经的古典、雅致、风华、文化，它曾经的磨难、
　　担当、寻觅、探索，却永远都应是世世代代国人拂之不去的梦。

第二章　喷薄日出 ………………………………………………………… 17
　　　自然和人类的黑暗，从远古走来，让许许多多的思想家、哲学家、领袖人物
　　因困惑而迸发智慧的光芒，寻求驱散黑暗的钥匙。多少壮丽的灵魂呵！渴望有
　　一双意志的翅膀，飞向那迷人的太阳，飞向那彩云飘荡的晴空，飞向那像太阳一
　　样辉煌的梦想！

第三章　悲歌狂飙 ········· 28

朝日从地平线上冉冉升起,初绽的光芒还来不及洒满浪花闪耀的辽阔海面。黑色的雾幔又扬起了惊涛骇浪的呼啸。黑云压城,铁蹄声碎,千里烽烟,万里冰封,风雨如磐,山河欲破！多难的中华民族又陷血火危亡之秋。一曲悲歌唤来狂飙从天降落。

第四章　辉煌沉重 ········· 65

巍峨奔腾的太行山脉,终于昂首挺胸向一个崭新的时代迈开雄健的步伐,滹沱河畔西柏坡岭上土坯房的灯光,驱散了北国天空最后一抹阴霾,把共和国的黎明点亮。一支从历史的苍茫,岁月的血火,炼狱的严酷,生命的壮烈中走来的进京赶考的队伍,头顶上正升腾满天璀璨的霞光。

第五章　春潮澎湃 ········· 94

大自然和人类这样告诉现在和未来,春天到来之前,总是会有飘飞的雪花、凛冽的寒风,树的憔悴和花的凋零。这年秋天,北京破天荒地吹拂着习习春风,要给整个神州大地送来万紫千红。于是安徽凤阳的花鼓和南海的波涛一起放声歌唱春天的消息。

第六章　不落的太阳 ········· 130

诗人惠特曼说过:"没有信仰就没有真正意义的生命和国土。"他也是一个诗人,还在青年时期就站在湘江的橘子洲头,问:"苍茫大地,谁主沉浮？"现在他也离开故乡远去了,可他曾经面对庐山的葱茏和雄奇,从胸中喷吐出的"冷眼向洋看世界,热风吹雨洒江天"的豪迈诗句和无与伦比的胆识雄魂,仍如天空不落的太阳见证和照耀着新中国的航船驶向无限光明的未来。

尾声 ········· 179

有多少道德体系和政治体系经历了被发现、被忘却、被重新发现,被再次忘却,过了不久又被发现这一连续过程,而每一次发现都给世界带来惊奇,好像他们是全新的,充满了智慧。

——〔法〕托克维尔

后记 ········· 187

岁月中那些花瓣

——谭仲池长诗《东方的太阳》读感

谢　冕

　　这肯定是一次艰难的写作。漫长的历史,曲折的道路,艰苦的斗争,再加上繁博的事件,以及关于历史功过的纷纭的评说,这样的题目足以让一般人望而却步。但是诗人的使命驱使着他,一个惊天动地的伟大叙事召唤着他,他勇敢地承担了。我知道长诗《东方的太阳》是有准备的一次认真严肃的写作。

　　中国长篇政治抒情诗这一诗体,兴起于战时,盛行于 20 世纪 50 年代。七十年代后期渐趋低潮,却依然是一道绵延不断的长流水,依然是一道激扬壮丽的当代诗歌风景。这种写作的一般特性,总以重大的事件为抒情的轴心,因此其与现实的政治的关联极为紧切。由于这一特性,长诗写作总是涵容了众多流行的时论术语。时序变换,时过境迁,那些当日被固定在诗中的、如今变得不合时宜的用语,往往造成了诗人日后的尴尬。

　　正是因此,"文革"结束后政治抒情诗遭遇了众多的诟病。但公正地说,政治抒情诗在它长时间的流行中,也意外地保留了时代特有的风貌,保留了包括不论其为正面的,抑是负面的特定的时代气息。这种源于革命时代的苏联传进的诗歌形式,由于当代众多诗人的实践,以其宏大的叙事,奔腾的气势,激情的宣泄,却也造成了一个时代的诗歌奇观。

　　谭仲池的《东方的太阳》就是这样一首涉及重大政治题材的长篇抒情诗,它属于传统的颂歌一类。颂歌难写,对一个领导一个国家的执政党的颂歌尤其难写。如何在众多类似的写作中另辟蹊径,脱颖而出,则是难中之难。博学多才的谭仲池勇于承担,他敢于在政治抒情诗屡遭质疑的今天,迎难而上,而且终于造出了值得称羡的成绩。

诗人把这一曲当代最悲壮、最宏大,也最曲折的抒情长歌,置放在五千年古老文明的背景中书写。他以诗人的情怀,以对中国绵远历史和灿烂诗歌传统的熟稔,使这首长诗成为充满诗情的"史的诗"和"诗的史"。他的歌唱嵌入了中国诗歌(包括《击壤歌》和《诗经》、楚辞在内)的古老元素,使这部长诗更显厚重和深沉。以此为起点,沿着诗歌的路径前行,诗人用华彩的笔墨,渲染这一段用理想和鲜血,也用苦斗和胜利写成的动人历史。当然,对比中国数千年历史长河中的那些刀光剑影,悲欢离合,这几十年也只是短暂的一瞬,即使只是这一瞬,其间所经历的艰难困苦,却也是令人感慨唏嘘的。

作者深知,《东方的太阳》虽然写的是史,但首先必须是诗。他着意于使之通篇充满诗的氛围。许多同类的作品,往往因"史"而忘"诗",他们满足于罗列现象,忙于说事,而往往忘了诗的根本。诗的根本是什么?是"情",而不是"事",尽管那些事构成了史。但这是诗的史,诗的因素是极其重要的。谭仲池落笔之初就紧紧抓住这个根本。他重视的不是那些事件的过程,而是岁月中飘洒的那些花瓣。是这些美丽的花瓣构成了历史的诗意和美。而这,正是催动和产生阅读愉悦的根本。

一部诗写的历史当然要有对于历史过程的深知和把握,但是所有这些"物质"都需要转化为"精神",所有这些"事"都需要转化为"情"。诗人在处理这些历史事件时突出地,而且是大量地使用了抽象化的笔法。许多具体的琐碎不见了,而代之以弹性的、灵动的、能够引发丰富联想的"抽象"。颂歌始于"东方之梦",这里有近代以来惨烈的和壮丽的历史画面,但诗人并不热心于正面的演绎和展示,他巧妙地摈弃了可能显得陈旧的言说,而把事实隐括在抽象的语词中,从而极大地诱发人飞扬的联想。

他写陈独秀和孙中山在上海共商国共合作,这原本是一件复杂的故事,而诗人却出以简约和跳动,他用的是:"烽火 血迹 炼狱 悲愤 刀痕 信念 理想 哲学 忠信 坚勇"十个不连贯的单词,避免了叙事的繁冗和板滞,而给人以广阔的联想的空间。再如写毛泽东在北大求索真理(找到了"火之源"):"这火是梦之花光 这火是爱之月光 这火是夜之灯笼 这火是生之黎明"。这些不同形容的"火",都指代着通常说的"光明",却有着别样的生动和鲜明。

作者积学广博,资料丰富,视野开阔,信笔写来,举重若轻。他用语极精,选词极美,笛中杨柳,灯下剑影,戈壁雕鞍,瑶台艳香,章页间充盈着优雅高贵的氛围。长诗以"东方之梦"为首章,他写中华远古的文明,他写近代以来的的民族危难,笔墨简约而含蓄,但又有巨大的涵括。在一章的小序中,他说:"我相信从古到今乃至未来,它曾经的辉煌、沉浮、悲壮、雄奇,它曾经的古典、雅致、风华、文化,它曾经的磨难、担当、寻觅、探索,却永远都应是世世代代国人挥之不去的梦。"

也就在这一章里,诗人把传统的、原本可能显得肃穆的言说,出人意想地替换为"东方圣母的明眸"以及"一道比梦想更灿烂的彩虹"等显得轻松的形容。由此可以看出诗人通过更替习用的词汇而使文本平易亲切的用心。更新颖的比喻来自他写南湖会议的笔墨:

　　从这一天 这一刻开始
　　在世界东方 东方的中国
　　有世界上最大人群的最盛大的祈祷
　　一个创造光明的日出

从上面引用的"圣母的明眸"到这里的"盛大的祈祷",可以觉察到的是,诗人为了摈除"熟语",为了获得"新意"所作出的勇敢的,可谓是超常的努力。

长诗谋篇谨严,立意精心,意象绵密,用词鲜丽。他致力于在浓重的政治语境中"出语不凡"。他清醒地知道,这是诗,在这里,内容是服从于诗的表达的。正是因此,他十分注重叙述过程的诗意呈现,他会把影响诗意传达的因素减少到最低点,而把那些岁月行进中沿路撒下的、我称之为的"花瓣",精心精美地展现出来。举例说,他写陈独秀"如一枝饱经风霜的秋菊";他写李大钊的眼镜是"清澄的湖泊";他写流产的戊戌变法是"一朵没有赶上春天就凋谢的杜鹃花",如此等等,均让人耳目一新。

潇湘云水,君山竹泪,那里的竹溪、荷塘、石桥、簌拥着青峦叠嶂下的青瓦土墙,蛙鸣和萤火,照亮一个少年的梦。他用最美的文字写他自己的,也是毛泽东的家乡。语言的清新而不落俗套是他的优长,在他的心目中,整个革命的历史就是一部诗的历史,而诗的历史必须用诗的语言来表达。延安,"有一条诞生思想和诗歌的河流",西柏坡"是诞生他诗歌的故地",这些都是诗的源泉和故乡。

他把整个中国革命比喻为一场"灵与肉、血与火的涅槃"。《序诗》讲远古的太阳像一只火凤凰,光芒的翅膀划破黑暗和混沌:

一切一切的企盼　呼唤　绝望
一切一切的沉浮　颠簸　飞扬
一切一切的风霜　雨雪　雷电　冰暴
一切一切的矗立　俯仰　匍匐　凝望
一切一切的坠落　经典　崩裂　辉煌

"一切都在燃烧的火焰中涅槃"。这里的用语和句式,不由人联想起五四时期的《凤凰涅槃》。这也许只是一次"偶遇",这也许竟是一个刻意而郑重的"回应"。在诗人看来,中国在历经百年国耻之后的再生,竟是又一次壮烈而辉煌的凤凰涅槃!在随后的篇章中,长诗一改前面端庄的韵调,转换了乐观、欢悦的节奏,以此迎接改变中国命运的"春潮澎湃"。诗人深情地追忆了那年、那月、那日,在北京工人体育场为诗歌《阳光　谁也不能垄断》所爆发的雷鸣般的欢呼声:

这是苏醒的大地春天的脚步声
这是飞翔的翅膀搏击巨风的声音
这是前行的航船劈波斩浪的声音

《东方的太阳》生动地汇聚了雄浑而壮阔的历史的脚步声,这些脚步声弥散在征途中、烽烟里,盛开成了色彩斑斓的胜利之花。这是中国民众所珍惜和深爱的岁月中的花瓣。

2011年3月3日,于北京大学中国新诗研究所

历史的寻梦者
——序谭仲池抒情长诗《东方的太阳》

熊召政

一

当我读完仲池先生耗费一年时间精心创作的近六千行长诗《东方的太阳》时,既为他执着的写作精神而钦佩,更为他作为一名共产党人的坚定不移的信仰以及矢志不渝的深情而感动。

时下的世风中,潜规多于真理,矫情多于真挚。而仲池先生写作这部长诗,没有受到任何世俗瓜蔓的牵绊,他真正做到了"我笔写我心"。诚如在卷首语中开宗明义指出:"谨以此6000行的长诗献给中国共产党九十华诞",并自信而虔诚地吟唱:

> 请您在诗歌的天空深情凝望呵
> 东方圣母的明眸里
> 一定会出现一道比梦想
> 更灿烂的彩虹。

二

《东方的太阳》分为八个部分,六个章节外加一个序诗,一个尾声。第一章写的是中国共产党诞生之前的五千年故国的历史,特别是鸦片战争以来丧权辱国的耻辱;第二章写共产党横空出世的历史必然与现实意义；第三章写国共两党的爱恨情仇；第四章写新中国成立后共产党领导的艰难曲折。作者在不回避不掩饰毛泽东犯下错误的同时，也坦诚地表露自己对毛泽东的敬仰与爱戴；第五章写的是邓小平倡导改革的三十年的编年史；第六章揭示社会主义在中国获得成功的原因。

关于这首诗的创作动机，仲池已在《后记》中作了透彻的阐述。熟悉仲池人都知道，他个人的奋斗史与共产党的生命史是密不可分的。唯其命运相连，仲池才有可能克服种种困难，为他所追随的太阳——中国共产党写出一首大气磅礴的史诗。

一位成熟的诗人，往往从感情出发，收获的却是思想的光芒。通读长诗，我感到仲池并不是在唱廉价的颂歌，而是让自己走进一代又一代东方赤子的心灵，同他们一起拷问、鞭挞、思索与奋进；一程程穿过风霜雨雪，一程程踏过故国山河。作为历史的寻梦者，仲池虽然像一只候鸟永远在迁徙之中，但他从未离开过理想的高地。他曾这样歌颂青年时代的毛泽东：

  梦就这样在思想和知识的炫风沃土里生长
  就这样系在额头飞舞的长发中
  又走进了湘江边的湖南第一师范　在那里
  还有更多的　怀梦者　寻梦者
  一同铸造着寻梦的意志和火把

仲池出生时，新中国的太阳已冉冉升起。尽管，他没有能够同他众多的湖南老乡一起，参加辛亥革命、北伐战争、秋收起义、抗日战争、解放战争等等扭转乾坤的大战役。但是，他从前辈赤子们的手中接过寻梦的接力棒，亲自参与了新时期三十年的改革。曾长期担任行政领导工作，特别是当了十年长沙市市长的他，不但自己怀梦、寻梦，而且还影响着一批怀梦、寻梦者，一起加入到锻造东方太阳的行列中。从这个意义上讲，这首长诗不但是中国共产党的创业史，同时也是诗人的心路历程，个人深切感悟的真情倾诉。

三

按一般的规律,诗歌是年轻人的事业,随着涉世日深,理性日增,天命之年后已很难激动了。特别是过了花甲之年,灿烂归于平淡,感情的波澜已不大可能在钝化的心灵中涌动。但是,仲池是一个例外,读他的这首长诗,总会感到有团火在他心中熊熊燃烧。他说:

　　雪夜　我的心和梦想点亮黎明
　　雪夜　我的血　宁愿化作星辰　雪夜我要去
　　寻访孔子　孟子　老子　屈原　杜甫　李白
　　和李清照　王昭君　趁雪夜未眠
　　找回那五千年后最亮的明灯
　　我要去

看到这一段,会让人产生一个错觉:仲池是一个涉世未深的青年。李商隐说:"曾经沧海难为水,除却巫山不是云",仲池可是饱经沧海,却依然如此执着,他甚至说:

　　中国没有入睡的书生　仁人志士
　　自己点亮了庭院的灯火　激愤地互相呐喊

读这样的诗句,让我想到了谭嗣同的"四万万人同一哭,天涯何处是神州"这样的激奋之词,谭嗣同与谭仲池都是浏阳谭族。仲池之暮年,犹有如此磅礴的胸襟,就近说,应该与族中的遗传基因有关,他身上存有谭嗣同这样的血性;说远一点,自明清以来,三湘大地盛产英雄志士,此等人每言及国家、民族、无不血脉贲张。仲池成长、工作于顺世,不能像乡贤前辈那样横刀跃马,但这并不能改变他长歌当哭,慨然以天下为己任的湘人个性。基于此,他才会萌动创作《东方的太阳》这首长诗的想法。既然不能把史诗写在山河大地上,至少也该写在纸上。

四

诚然,从政治角度考虑,写作这首诗有巨大的难度。仲池写作此诗的依据是近现代中国的进程史以及共产党的编年史。由此而来,一些在历史转折时期产生过巨大影响的人物便不可回避。在长诗中,仲池对康有为、梁启超、谭嗣同、孙中山、蒋介石、胡适、张学良等作了点评,对共产党人中的李大钊、陈独秀、周恩来、胡耀邦等也作了中肯的评价。对党的历代领导人的文治武功也作了深情且有见地的回顾。特别是对新中国的缔造者毛泽东,以及改革开放的倡导者邓小平,仲池可谓投入了他全部的爱与忠诚。写到毛泽东与共产党的关系,我们看到了这样的诗句:

> 他走在浩荡洪流的涛头
> 他最先看到了那片绚烂的风景
> 他高声说出心中的联想和感情的涌动
> 他用诗歌般美丽的描述,表达日出的壮美
> 它是站在海岸遥望海中已经
> 看得见桅杆尖头的一只航船
> 它是立于高山之巅　遥望东方
> 已见光芒四射　喷薄欲出的
> 一轮朝阳　它是躁动于母腹中的
> 快要成熟的婴儿
>
> 这是一个伟大思想家　政治家和诗人的
> 最生动　形象　经典的预言　不是谁都能
> 看到这一切　不是谁都坚信会出现
> 这一切

这两节诗句中展现出来的,不是诗人丰富的想象力,而是在归纳一个伟人的巨大能力时所表现出的澎湃热情。关于毛泽东的逝世,仲池

也毫不犹豫地下了如下判语：

> 他毛泽东　中国人民心中的太阳
> 他的走　只是形影的离去　他的
> 灵魂　思想　品格　才华　意志　情感
> 仍在中国人民心中飞翔
> 鲜活地放射光辉和温暖
>
> 他是中国人民永远的信仰火炬
> 永远的理想旗帜　永远的意志
> 丰碑　永远的向往辉煌
> 他的至高至尊　如阳光灿烂
> 永远蔼蔼抚四方　如明月皎皎
> 永远赫赫出尘冥

不难看出，这是一种顶礼膜拜的表述。诗歌不是哲学，它不需要过分地冷峻与客观。所谓直抒胸臆，就是将内心中渴望表达的情感毫无保留地展现出来。当今之世，可能会有人不一定完全同意仲池先生对毛泽东的这份过于真挚的感情。但这恰好表现了仲池的笃定和可爱。他对自己热爱的领袖，信赖的组织丝毫不矫情、不造作，这应该是难得的美德。

对于另一位挽救了党，挽救了中国的伟人邓小平，仲池也表示出他足够的敬仰与爱戴：

> 望着老人慈祥的目光
> 就像望见了一轮圣洁的月亮
> 眼前泛起一片春天的原野
> 我们握住了老人温暖的手
> 就像拥抱着一条浩荡的长江
> 整个世界涌动着无穷的力量
> 我们靠近了老人有力的臂膀
> 就像依偎着巍峨的长城

去憧憬 21 世纪的绚丽风光

如果说毛泽东是在世界上讲述"中国的故事",那么,邓小平是在中国讲述"春天的故事"。中国在毛泽东手上实现了独立,在邓小平手上变得强大。仲池看到了这一点,他的长诗中始终围绕"独立"和"强大"这两大主题而进行酣畅淋漓的阐述以及不遗余力的歌颂。因为采用了编年史的形式,众多大的历史事件都必须顾及,因此长诗的后半部分略显杂陈。但瑕不掩瑜,作为一部史诗性的作品,它的强有力的逻辑与炽烈的情感照样可以熏染读者的身心。

2010 年 12 月 25 日开笔
2010 年 12 月 26 日写毕

谨以此6000行的长诗献给中国共产党九十华诞

她是真理信仰和精神思维铸就的太阳
她是引领人们认识世界　认识真理　认识自我的光芒
她是宇宙间的寻觅渴望热爱自由尊严的化身
她是心灵深处永远的慈爱和灯塔
她是岁月里流淌的期盼抚慰
请你在精神的宁静处
聆听我的心跳和歌唱
那是"真理存在于风声的低吟
存在于溪水的潺潺
存在于雷霆的霹雳
存在于雨水的嘀嗒"[1]
请您在诗歌的天空深情凝望呵
东方圣母的明眸里
一定会出现一道比梦想
更灿烂的彩虹

---

[1] 见《与神对话》〔美〕尼尔·唐纳德·沃尔什著,李继宏译,上海书店出版社2009年7月第1版,第257页。

序　诗

　　让我们宣布：整个可以感觉到的世界必定会加快步伐朝我们走来，和我们融为一体，创造出一部只受创造性本能支配的和谐。

——波丘尼

　　在戈壁　沙漠上
　　鲜花在绽放　在波浪　山脉上
　　苍鹰在飞翔　大风卷起
　　雕刻云飞的形象　琴瑟低鸣
　　破碎梦想的肝肠

　　远古的太阳
　　像一只火凤凰　光芒的翅膀
　　划破黑暗和混沌　曙色的眼睛
　　洞察一切一切的生灵　雄种　精血
　　一切一切的神魂　毁灭　复生和坚韧

　　一切一切的企盼　呼唤　绝望
　　一切一切的沉浮　颠簸　飞扬
　　一切一切的风霜　雨雪　雷电　冰暴
　　一切一切的矗立　俯仰　匍匐　凝望
　　一切一切的坠落　经典　崩裂　辉煌

都在你燃烧的火焰中涅槃呵
让灵魂　思想　情感　意志　智慧
和生命的树干枝叶一起葱郁
在纤细的黄土　丰沛雨水的季风里
生长成一片又一片浩瀚的森林

我们就从这一片又一片的森林里走来
我们走了一万年　五千年
走到了1840年　走过了1949年
又登上21世纪　中华民族
伟大复兴的历史台阶

漫长而沉重　壮阔而悲烈的跋涉呵
历史命运　国家命运和个人命运
总是在风云和血火中熔炼　嬗变和激荡
星垂平野阔　月涌大江流
没有归途呵　只有前程

今天呵　悬在我们头顶上的太阳
早已融入了远古　火凤凰
盈盈的血性　熊熊的光焰
已蜕化成东方不灭的灯塔
它要创造和支配人类新的时空

今天呵　我不为春天的万紫千红欢呼
也不为收获景色　幸福　自由舞蹈
我要伴古长城高擎的青铜器"何尊"①

---

① 在洛阳出土的文物中，西周初年的青铜器"何尊"上的铭文，刻有"宅兹中国"的金文。这是最早出现的"中国"一词。

唱一支在心中沉淀了九十年的歌
献给自己的亲娘　东方的圣母

第一章 东方之梦

　　太遥远太遥远的昨天，太多太多的传说，中国文明史上一座又一座的里程碑，会让我们久远的记忆变得凝重苍凉，变得庄严沉静。然而对于一个古老的国家，一个古老的民族，伫立历史的河岸，望着黄河、长江的滚滚逝水，我相信从古到今乃至未来，它曾经的辉煌、沉浮、悲壮、雄奇，它曾经的古典、雅致、风华、文化，它曾经的磨难、担当、寻觅、探索，却永远都应是世世代代国人拂之不去的梦。

1

一条时光的隧道
悠长而浓重的苍茫　用日月光华
点亮了最古老的岁月
一条生命的河流
从遥远的洪荒中走来　同天地血脉
滋养了人与自然　共生的山水
于是宇宙间有了阳光　雷电　风雨　冰雪
还有迷雾　黑暗和苍凉
于是土地　雪山　湖泊　海洋
还有沙漠　戈壁　草原和生生息息的万物
都有了自己的灵魂　色彩　声音和呼吸
都在沿着意志的直线　弧线　曲线

描绘生存的轨迹和变迁的形象
一切是如此原始　凝重　冷峻
一切是如此鲜活　飘渺　梦幻
一切是如此纯粹　自然　坦荡
一切是如此朦胧　空灵　飞扬

我的勤劳　勇敢的祖先呵
终于知道钻木取火　刀耕火种
冶炼着最初的智慧太阳
让自己的生命和灵魂　像鱼儿一样
游向苍茫的大地和流动的光阴
游向美妙而神奇的万千气象
去孕育人间最奥秘的哲思和向往

2

不知道是谁最早发现了这个物质世界
原来是一个扁形的地球　也不知道是谁
最早描绘东方和西方　陆地　天空和海洋
我只知道哥白尼　因最先说出太阳与光明的真相
他被烈火焚身
涅槃成一只警醒人世的火凤凰
还知道是郑和最先扬起风帆
在茫然中踏上了下西洋的波浪
从此为历史学家的文库
添上了一笔中国走向世界的辉煌

3

地球　无时不在转动　颤抖

世界　无时不在变化　动荡
不知多少代　曾经有多少日出月落
中国的考古学家是如此执着
又如此自豪地沿着地上地底所能发现的
古代遗物和古籍指点的迷津在寻觅
寻觅五千年文脉的履痕
寻觅龙的化身和精神
寻觅生动表意的象形文字和骨骼
寻觅西方人永远不能破解的东方神韵

4

是谁飞翔在苍穹
是谁　高擎着旭日在沉吟
有天道焉　有人道焉　有地道焉
如一声声划破晓雾的雷鸣
在摧醒灵光爆破　迎来红霞满天

这是自然的精灵　天地的精灵
是人和神的精灵　是古老的精灵
是神圣的灿烂和幽远的缤纷

此刻　有两条河
黄河　长江从我心上流过
此刻　有四座山
泰山　华山　嵩山　衡山在我眼前耸立

一万年的沧海桑田
都如同一个神秘莫测的梦
飘浮在古老神州　悠悠的忆念

仍在不时还原神话的美丽　凄清　悲壮
伏羲女娲驾驶的轻舟
正穿越天崩地裂　火山洪水
炼出五色石　缝合苍天的裂痕
断鳌足立四极以柱地
中华民族的脊梁和肝胆呵
原来就是这样铸造和冶炼

5

雪夜　雪有声无语
从天空轻盈而悠然地飘落
雪纷纷扬扬弥漫了整个视野
雪将深邃幽远　城郭和所有的颜色
和一切颤动呼吸的生命覆盖

雪的世界　就是一部浩瀚的史书
似无字　却有字　字字行行宁静至极
圈圈点点　笔笔画画　层层叠叠
记载着多少风云春秋　王朝兴衰
君子的清白　美人的悲怨

自然界的太阳　拨开了浓云迷雾
在用阳光的梳子　梳理
凝固的思绪　在用温暖无形的手
破译无数　历史和自然的神秘密码
于是玄鸟和山鬼都一同和我们沐浴生命的霞辉

雪走远了　微风在吹拂
金光灿烂　树木青青　鲜花朵朵

流水潺潺　大地铺展开清晰的画卷
让我们尽情地阅读
原本就是属于我们的圣经

会让我们读懂古化石　旧石器　周口店的猿人头骨
　　和甲骨文
会让我们走近城堡　古寺　石窟　陶窑　关塞和古
　　长城
会让我们触摸彩陶　竹简　丝绸　壁画和弓刀
会让我们惊叹丝绸之路开拓的欧亚文化运河
和火药　指南针　木造纸　活字印刷四大发明的诡
　　异

读出秦时明月汉时关　羌笛声声怨杨柳
读出几番风雨　几度雷霆　几多忧愤和兴叹
就知历史长河　滚滚滔滔　惊涛骇浪
就知　国家　百姓　正义　自由　平等大于天
就知乌云有时可以遮月　暴雨有时可以泛滥

雪夜　我的心和梦想点亮黎明
雪夜　我的血　宁愿化作星辰　雪夜我要去
寻访孔子　孟子　老子　屈原　杜甫　李白
和李清照　王昭君　趁雪夜未眠
找回那五千年后最亮的明灯
我要去

6

我不知道上古之时
诗歌是怎样流传的　《击壤歌》的生动描绘

到今天都是动人至深
"日出而作　日入而息　凿井而饮
耕田而食　帝力于我何有哉!"
尧时的太平日子就在农夫的心中歌唱

还有《采薇歌》《关雎》谣
对人生苍凉的感叹和男女情爱的向往
都无法避开命运的颠簸　曲折苍凉
是屈原捧着用血泪写的《离骚》
走在楚国大地的迷茫和霜雪里
站在汨罗江边放声呐喊
"长太息以掩涕兮,哀民生之多艰。"
"亦余心之所善兮,虽九死其犹未悔。"
"路漫漫其修远兮,吾将上下而求索。"
他要告诉世人和后人什么
他自己曾问天　问地　问日月星辰
然后他抱着汨罗江铸造了一个民族的国魂

从此人们用鸭蛋　粽子　还有龙船
去朗读国魂的精义　悼念诗人的衷肠
把世世代代的向往和耕耘　辛劳　智慧　忠勇和坦
　荡
凝聚成华夏民族的脊梁　让无数志士仁人
扬起头颅　挺起胸膛　去面对邪恶　黑暗　深渊
抛却自己的昆仑肝胆　丹心碧血和壮怀激烈

让诗歌的典雅　丽韵　风骨　雄浑　俊朗
如星月光辉　江河波涛　风雨雷电幻化成旗帜　号
　角　灯火
去敲开英雄大江东去的胸怀　以徒怆然而泪下的悲壮

书写心中的萧瑟悲凉　明美俊逸　别离愁绪和绮丽
　　梦想
让慈母的手中线与天地之悠悠朝丝暮雪
慷慨一曲天生我才必有用　直挂云帆济沧海

愿苍茫雾海　万里长风　笛中杨柳
灯下剑影　沙漠雕鞍　云霞彩裳　瑶台艳香
不仅是诗歌里的雄气　雍容　壮心和柔美
更是江山画景　人伦世态中的灵魂　精神和雨露
愿我的从黄河源头带回的清白之水呵
会成为日夜乾坤的一杯永不枯竭的清酒

7

19世纪上叶　西方也诞生了
一颗太阳　它血色的光焰
浸满了产业工人的血汗
和生命的愤怒与诅咒
它同样明白　自己的命运
仍然不能摆脱资本无穷尽的贪婪
于是　古老而伤痕累累的中国
便成了欧美列强眼中的丰厚盛宴

有时　历史瞬间发生的某次际遇和精彩
当事人会受宠若惊
甚至把它当做一种巨大的荣耀
1662年　当英国查理二世与葡萄牙王室联姻
中国的瓷器作为葡萄牙公主的嫁妆
在金碧辉煌的皇宫闪耀奇光异彩时
欧洲人就视其为"东方的魔玻璃"而梦寐以求

也就是这朵时间之河的浪花
它给中国人印下了自豪的履痕
也潜伏着如中国的英文名"瓷器"
将被压碎的阴影　这不应当成为根据
但它确实是17世纪中国在欧洲人心中的影子

谁知道　一个世纪以后
中国果真像魔玻璃一样被英国人迷恋而窥视
不需要理由　也不可能有理由
掠夺和侵吞从来不会有理由
那是中华民族最耻辱的年度
1840年　英国发动了侵略中国的鸦片战争
它用冒着滚滚硝烟的炮舰
逼迫一个戴着皇冠的政府
低着头提起了沉重的签字笔
《南京条约》只一个早上就给古老中国烙上了奇耻
　　之印

炮声带给东方的巨大的阴影
让曾经向中国学习汉字和围棋的日本震惊
德川幕府在自我警醒　日本　日本
绝不能步中国的后尘　它们看到了危机
也想象着自己旗帜上的太阳
应该怎样驱散黑云和尘埃
还是没有办法避免举国的伤痛　1853年
美国的军舰也给日本送来了《神奈川条约》

中国　日本遭遇同样的命运　海岸港口
城市　亭台楼阁　都泛着灰暗阴沉
都流着苦涩和怨恨　都不再有

春风的芳香　雨露的深情
不再有月色的诗意　不再有团圆的欢欣
有的只是心痛胆寒　冰雪铺地
有的只是群魔乱舞　哀鸿遍野
有的只是断肠天涯　无尽怀念

是西方的坚船利炮　是中国湘人魏源
让日本人猛醒　睁开了瞭望世界的眼睛
林则徐更清醒　但更多中国人依旧茫然
《海国图志》的书页刚刚翻开　北京的圆明园
就在英法联军点燃的烈火中焚身
不知大清王朝那些夜晚的灯火
是怎样明灭　但历史老人却看到
日本义无反顾地举起了明治维新的大旗

中国没有入睡的书生　仁人志士
自己点亮了庭院的灯火　激愤地互相呐喊
默默地牵动胸中的热血
一场欲师夷长技以自强的洋务运动
像地火一样在悄悄运行
可惜　它不是雷霆和狂飚
它终究无法创造像日本明治维新的朝阳
而只不过是一朵没有赶上春天就凋谢的杜鹃花

8

那颗在日本海上　刚刚升起的太阳
就睁开血红的眼睛　向西方深情地一瞥

胸中滚动着福泽《脱亚论》的叫嚣①
那不断的叫嚣　便不断地
给那颗小小的太阳聚集能量
此时　这一衣带水的近邻突然变化了表情
它像西洋人一样疯狂和残暴
向着中国的肌肤　头颅　挥舞手中的屠刀

1894 年　又一个让中国蒙羞的年份
日本从中国领土割走了最心爱的宝岛②
那是一种怎样的伤痛
一种怎样的野蛮
一种怎样的强盗逻辑　就像美国当年吞噬日本一样
日本人仰望着军舰上的太阳旗
高唱着振兴亚细亚的凯歌
他们从头到脚　从灵魂到衣饰
全都用仇恨和血腥涂抹成一副狰狞的面目

9

光绪皇帝从梦中惊醒　他自言自语
我大清王朝怎能就此衰落
他抚摸着身上的龙袍　感触着龙的呼吸
是那样剧烈急促　也像自己的呼吸
是这样激昂急促　他颤抖着身躯
阅读康有为送上的《日本变政考》
也仿佛看到有一缕曙光穿过窗棂

---

① 日本思想家福泽谕吉 1885 年发表《脱亚论》，其核心观点是："为今日计，我国不能再盲目等待邻国达成文明开化，共同振兴亚细亚，莫如与其脱离关系而与西洋文明共进退。"这实质上是"弱肉强食"的观点，成为后来日本军国主义思想的源头。
② 甲午战争失败，中国被迫割让台湾和辽东半岛给日本。

便很快消失在朝晨的钟声里

谭嗣同来到了皇帝身边
他没有带来崩霆琴和宝剑
只带来了一颗丹心　一副肝胆
和一腔碧血凝成的慷慨悲歌
历史并非如此无情　为何偏让戊戌变法夭折
只因为那块悬在天空的顽石
早已遮住月的光亮　只能让破碎的山河
怆然泪下

10

他是一个留洋书生　出生在珠江之滨
他是一个博学医生　他在医治人和社会　他在诊断
国家的生存和未来的命运　他曾吟诵
带血的诗篇　也曾跨洋过海去呼唤光明
他也在孕育一个太阳　他要用民主　平等　博爱
和振兴中华的呐喊　为太阳增添光辉
他高举着三民主义的旗帜①
赴汤蹈火地坚强挺进

他就是孙中山　他用思想的手术刀在解剖现实的中
　国
他也在用心灵的显微镜
洞悉日本　为什么日本的太阳驱散了
自己天空的黑暗　为什么中国的地火

---

① 孙中山领导的资产阶级民主革命,于1905年成立了中国同盟会,完整地提出了以建立一个资产阶级民主共和国为目标的政治纲领:"驱除鞑虏,恢复中华,创立民国,平均地权。"随后又将其概括为民族主义、民权主义和民生主义。

却被坚硬的岩层熄灭　他眼前
时常浮现北洋水师全军覆没的惨烈
他的脑海塞满了一个又一个不平等条约
他的肝胆一次又一次被列强的刀枪撕裂

他的心在哭泣　他的灵魂在流血
他在寻找救国与革命之路　他正在呼唤巨龙腾空
他朦胧中看到了地平线上太阳的影子
和神奇的幽灵在一同徘徊①
他在深沉地思索
他的眼前又浮现与黄兴　宋教仁彻夜长谈的灯光
和革命党人一次又一次举行武装起义的火炬

1911年10月11日　还在美国
奔波募捐的孙中山收到了几乎令他浑身血液
凝固的来电　革命党人占领武昌
这是动地的惊雷　这是惊天的海啸
这是照空的红焰　这是漫卷的风云
中国两千余年的封建王朝崩坍了
神州　漫漫长夜的尽头
终于赫然泛起一片曙色

11

秦淮河上的明月　古都庭院的百花
还未来得及照亮和绽放苦难华夏的光明之梦
那是一个怎样的幽灵呵

---

① 1904年日本的辜德秋水和界利彦就合译了英文版《共产党宣言》。1906年同盟会党人朱执信翻译了日文版《共产党宣言》。这一转译意义重大，"共产党"一词在中国第一次出现。

袁世凯　张勋　段祺瑞便纷纷登台
扯起像乌鸦一样黑色翅膀的大旗
我们不幸的民族和流血的山河呵
又一次卷入了革命的风暴　又一次付出了无数生命
　　的代价
那是一个当永远铭刻在中国史上的日子　1925年3
　　月12日
孙中山凄然地呼唤"达令"而魂归天国①

历史的命运　国家的命运和个人的命运
是如此的紧密　又是如此的曲折颠簸
是如此的苍凉　又是如此的波澜壮阔
一个叱咤风云的人物消失在悲壮的革命舞台上
一曲动人心魄的挽歌拨开了重重迷雾
短暂的生命光辉与不折不挠的拼搏　探索
在呼唤　在期盼　在挥臂迎接
照耀万里征途的壮丽日出

---

① 孙中山临终时,仅呼"达令"一声。"达令"即宋庆龄。

第二章　喷薄日出

  自然和人类的黑暗,从远古走来,让许许多多的思想家、哲学家、领袖人物因困惑而迸发智慧的光芒,寻求驱散黑暗的钥匙。多少壮丽的灵魂呵!渴望有一双意志的翅膀,飞向那迷人的太阳,飞向那彩云飘荡的晴空,飞向那像太阳一样辉煌的梦想!

12

一个俄国的诗人　叫普希金
读他的诗歌时　我还不到开花的年龄
他的诗歌　让我知道世界的绚丽和爱的神圣
可我并不知道　"星火燎原"
会来自俄国十二月党人写给他的那句诗
"星星之火可以燃烧成熊熊烈焰"①

诗人更多的是激情　政治家更多的是思想
列宁用绽放在西伯利亚的全部坚韧和执着
点燃了一张放射真理光芒的《火星报》
星火便悄悄地在人们心中燃起
果真在俄罗斯的土地上燃起了十月革命的熊熊烈火

---

① 摘自金一南《苦难辉煌》,华艺出版社2009年1月第1版,第59页。

从此诗人居住的阿尔巴特街的秋色变得格外浓重

中国也有一个读书人　他常在北京大学的未名湖畔徘徊
我想他一定读过普希金的诗　不然他不可能
成为头顶上还笼罩着黑雾的中国青年的旗手
他是从苦闷和彷徨中寻找民主的人
他是从科学和文化中举起火炬的人
他是要决意冲决罗网黑暗的人

这个读书人的名字和他的思想一样深刻鲜活
陈独秀　也像一丛火焰在燃烧自己的灵魂
去照亮正在开辟的道路　陈独秀又
像饱经风霜的秋菊　撑着瘦瘦的身子
去迎接暴风雨的洗礼　陈独秀更像
一弯新月　在碧海凄清地蹒跚

13

也是在北京大学的图书馆　他悉心地整理图书
在整理他永远追寻的梦　在留恋他永远
思想的森林　他酷爱青春
总是用满腔的热情和百倍的真挚
歌吟自然的美丽和生命的绚烂

他眼睛格外的清朗
他的眼镜也变成了清澄的湖泊
他的名字就像他的胸怀一样宽厚阔远
李大钊用最庄严的文字　礼赞歌唱
俄国十月革命世界人类的新曙光

也是这个守望真理的智者
也是这个举旗呐喊的勇士
也是这个预示赤旗世界的先驱
把一个涌动着地火和热血的古都
自觉地放在心中拥抱

那是怎样的风生火起
那是何等的悲壮激昂
那是灵与肉　血与火的涅槃呵
1919年的"五四运动"拉开了
一场崭新革命的雄壮序幕①

14

潇湘云水　君山竹泪
南巡的舜帝　驻足韶山　感叹
出一片明霞青峰紫气碧流
于是竹溪　荷塘　石桥　便簇拥着
青瓦土墙撑起了岁月的沧桑

时光流逝　滴水之恩
孕育了天之骄子　1893年12月26日
毛泽东在简陋的土屋诞生　母亲文七妹
用手中的针线　缝进了自己对孩儿的千般慈爱
更缝进了对孩儿的万般期盼

山野田边的蛙声　星夜萤火虫的灯笼

---

① 1919年5月4日至6月28日爆发的以学生为先锋,工人为坚强后盾的一次彻底反帝反封建的思想运动。标志着中国旧民主主义革命的基本结束和新民主主义革命的伟大开端,有力地促进了马克思主义和中国工人运动的结合。

都在跟随这个少年的身影
在叮咛和照亮他脚下的小路
他一次又一次走在田埂上　望见
远方重重叠叠的青山总在向他点头　招手
耳边一阵一阵　有清风的深情呼唤

父亲为他设计了人生的轨迹
朝思暮想　用田地　山林和谷仓
填满的少年的岁月　他的灵魂
没有被锁住　仍在枕边的闲书①
和古典的辞章里飞翔

他坦然告诉父亲
孩儿立志出乡关　学不成名誓不还
他毅然前往湘乡东山学校求学
用自己的锦绣文章　打破陈旧校规
从容地走进了瞭望现实世界的课堂

窗前槐树上唱歌的小鸟
总是伴着他的读书声抖翅
向着天空　自由地画出有形和无形的生命弧线
当他俯下身子　细数在地上搬迁的蚁群
一座又一座的城堡就在他脚下出现
呵　原来蚂蚁也有自己追寻的梦
而人呢　难道不应有梦

梦　就这样在思想和知识的炫风沃土里生长

---

① 这里"闲书"指的是毛泽东少年时最爱看的《三国演义》、《水浒传》、《西游记》及《盛世危言》、《新民丛报》。

就这样系在额头飞舞的长发中
又走进了湘江边的湖南第一师范　在那里
还有更多的　怀梦者　寻梦者
一同铸造着寻梦的意志和火把

冬天　他用井水　从头到脚
野蛮自己的体魄　霜晨
他在爱晚亭读书　用知识
文明自己的灵魂　他从
书本里　认识了康有为
梁启超　认识了孙中山及同盟会的纲领
他为了寻找点燃梦想的火把
也曾投笔从戎　走进湖南新军行列
他再读《新青年》　又认识了陈独秀　胡适
他的心窗里隐隐升起了一片驱散黑夜
的曙色　他终于在北京大学图书馆
看到了俄国十月革命的光芒
他开始铸造自己手中的火把
他伴着五四运动的惊雷　也举起了旗帜
在三湘大地掀起了革命的波澜
他第一次点燃手中的火把
《湘江评论》的火焰照亮了湘江的天空
那一天　静卧江心的橘子洲
在轻轻摇晃　有一个铿锵的声音
激起了层层波浪
问苍茫大地　谁主沉浮
江上的船帆　天庭的苍鹰
城阁的旗幡　山峦的枫叶
都在鼓风疾驰　迎风搏击
随风飞扬　那是一种怎样的气派

怎样的豪放　怎样的呼唤
和怎样的雄壮呵
北去的湘江　从此开始抒写
一曲关于太阳的绚丽乐章

15

这是一个永远都会让后人铭记的日子
这是一个用青春的生命鲜血铸造的日子
这是一个像大山一样迸发意志和尊严的日子
这是一个思想闪电照耀古老神州的日子

从这一天　这一刻开始　北京的天空
出现了从未有过的晴朗　北京的大街涌动着
从未有过的怒涛　北京的市民
出现了从未有过的携手

从这一天　这一刻开始　整个中国睁开了
眼睛　山山水水挺起了胸膛　从北京　香山
到上海　汉口　南京　长沙　从学校　城市到
工厂　矿山　从教授　作家　诗人　到旅法华工
留学生　华侨

都在举起森林般的手
举起了痛苦心灵渴望太阳的信念
举起了一个民族五千年文明的新期待
举起了砸破历史罗网和精神枷锁的铁锤
举起了思想解放和民主科学的火红旗帜

虽然　北洋军阀政府和反动军警

也举起了镇压的刀枪　卷起了一股又一股残忍的
黑色的旋风　这个中国历史上第一次学生与工人
联合行动的伟大举动　风起云涌　不可抗拒
这是中国新民主主义革命的伟大先声
这是中国走向光明的新曙光

虽然　从北京箭杆胡同9号
走出的身影和发出的第一声呐喊
吹响的第一声向旧世界宣战的冲锋号
遭到当时黑暗势力的包围扼杀
但如雷霆和大海般呼啸的正义声音
令一切的强权和腐朽颤抖妥协

是他,又是那个曾经预言
试看将来的寰球　必是赤旗的世界
的播火者李大钊　在迎接被捕的
陈独秀出狱时献诗道
　　　　你今天出狱了,
　　　　我们很欢喜!
　　　　他们的强权和威力,
　　　　终究战不胜真理。
　　　　什么监狱什么死,
　　　　都不能屈服了你,
　　　　因为你拥护真理,
　　　　所以真理拥护你。

16

呵　这片古老的山河
这片古老的土地　自从真理的光芒照耀

就有多少志士仁人在默默地
接受真理圣光的洗礼　他们懂得真理
如同生命　如同阳光　如同雨露
会让生命之树长青　会让万物生长　会让世界光明
拥护真理的人　会被真理拥护
宣传真理的人　会被真理引领
寻找真理的人　会被真理冶炼
发现真理的人　会被真理铭记

千条万条涓涓细流　可以汇成奔腾大海
千座万座青山峻岭　可以筑成巍峨长城
几度风雨　几度春秋　几番酷暑　几番严寒
南来的燕　北去的雁
朝晨的雾　暮夕的云
都有一个相约　都有一个心声
都有一个担当　都有一个使命
中国要开辟新的航程
中国要创造新的纪元
中国要自立于世界民族之林
中国要从苦难中走向复兴

他终于在"何处渔歌惊梦醒
一江凉月载孤舟"的时刻
要大展"奔蛇走虺势入座
骤雨旋风声满堂"的鸿图①

他也不曾忘记在东京读书的艰辛

---

① 陈独秀诗《对月忆金陵旧游》:"匆匆二十年前事,燕子矶边忆旧游。何处渔歌惊梦醒,一江凉月载孤舟。""奔蛇走虺势入座,骤雨旋风声满堂。"怀素《自叙帖》中的句子。

心灵上常常隐隐作痛的哀怨
他也曾立志铁肩担道义　妙手著文章
要把拯救"神州陆沉""再造中华"的担子
扛在自己肩上　他始终以拓荒者
的勇气和胆识　做着拯救中国的导星
的示范　毅然"瘅精瘁力以成之断头流血以从之"①

这是火凤凰遗传给龙的传人的精魂
这是真理的太阳铸造的时代的精英
这是一个会永远镌刻在中国人心壁上的日子
1921年7月23日至31日
中国共产党第一次全国代表大会在上海召开
这些日子浓缩了多少代人的追求向往
这些日子凝结了多少英魂的呐喊呼唤
这些日子溶解了多少迷茫彷徨和失望
这些日子铸造了多少期盼雷霆和阳光

上海法租界的老屋外有鹰犬的眼光
上海大世界的尘雾里有黑暗的气流
从四面八方来到上海的代表
从血火苦难中走来上海的党员
就是中国苍茫大地的五十三颗星星
他们要用生命和真理的光芒
凝聚成一颗升起在东方的太阳

太阳就这样从地平线上升起
太阳就这样升起在嘉兴南湖的波涛之上
太阳就这样照耀着红色的航船起航呵

---

① 李大钊语。

太阳就这样喷薄出东方

南湖的红船呵
七月的太阳　　这一刻
国际歌的旋律　　激荡着波涛万顷的浦江
这一刻　　英特纳雄耐尔的幽灵
在微笑着仰望东方

它知道　　从此共产主义的旗帜
要在古老的中国大地高高飘扬
它知道　　春天　　依然和落叶飘坠
它知道　　土地　　依然和荒芜呻吟
它知道　　征途　　依然和坎坷并行
它知道　　黑暗　　依然和光明抗争
但它更知道　　冬雪覆盖的土地
与万紫千红最近　　饱尝苦难和耻辱的民族
与光明自由最亲　　手持镰刀和铁锤的人
与丰收和晴朗最有情

七月的太阳呀　　南湖的红船
这一刻　　中国几千年的沉思
有了最理性的答案　　中国几千次求索
有了最明亮的灯塔　　中国几千回的徘徊
有了最坚定的步伐　　中国几千番的伤痛
有了最幸福的欣慰

七月的太阳　　南湖的红船
迎着　　漫长的黑夜你冉冉升起　　出发
迎着　　汹涌的波涛你放射光芒　　前进
迎着　　满天的风雨你坚忍沉着　　挺立

迎着　黎明的晓雾你灿烂辉煌　飞扬

从这一天　这一刻开始
在世界东方　东方的中国
有世界上最大人群的最盛大的祈祷
一个创造光明的日出
会永远和黎明在东方降临
这颗七月的太阳呵
它要用自己最神圣的光辉
把沉睡和朦胧中的神州唤醒
从现在　到将来
从将来　到永远
东方的太阳呵
要照亮东方和整个世界

第三章 悲歌狂飙

朝日从地平线上冉冉升起,初绽的光芒还来不及洒满浪花闪耀的辽阔海面。黑色的雾幔又扬起了惊涛骇浪的呼啸。黑云压城,铁蹄声碎,千里烽烟,万里冰封,风雨如磐,山河欲破!多难的中华民族又陷血火危亡之秋。一曲悲歌唤来狂飙从天降落。

17

东方的太阳跃出了地平线
醒来的大地镀上了一层熠熠光焰
心气若虹的陈独秀站在奔涌的涛头
遥望眼前的航道
胸中有千万雷霆在轰响

他知道　这是一次艰难
悲壮　烈火焚身的航行
他知道　大江东去
浪淘尽　千古风流人物
手中的罗盘　可不能有丝毫的
差错　高举的火炬只能烈焰熊熊

他知道　身后正翻卷激情的波涛

船舷边正扬起映日的浪花
一个锻造光明　自由　民族独立的世纪
诞生了　南湖起航的红船　只有前进
前进　才是共产党人最庄严的选择和历史担当

那是一个阳光明媚的日子
带着杭州西湖龙井的茶香①
两个东方伟人紧紧握手拥抱
有无限的感慨和遐想
在上海的秋风里倾吐②
是烽火　血迹　炼狱　悲愤　刀痕
是信念　理想　哲学　忠信　坚勇
碰撞出了心的火花和情的激越
那心的深处　情的浪峰
总有一种彼此说不清的隐痛
惆怅伤感和希望憧憬
也是共同血脉的炎黄子孙呵
也是共食人间烟火的血性男人
也有花前月下蝶梦鹊桥的眷恋
也有挥墨丹青东篱采菊的雅趣
走到了一起　就该相依为命
聚到了一堂　就该坦荡无间
就像是一场乾坤之恋
古老神州的大舞台
正在上演一曲气壮寰宇的花好月圆

---

① 1922年8月29日至30日,中共中央根据共产国际代表传达列宁关于国共两党应进行合作的指示,召开了特别会议,决定建立国共合作的革命统一战线。此次会议,后称"西湖会议"。
② 指西湖会议后,陈独秀和孙中山在上海共商国共合作,建立革命统一战线的重大问题。

18

历史在被重新书写　命运在被自觉掌握
被书写的历史在选择自己的命运
被掌握的命运需要最清醒的舵手
他走在浩荡洪流的涛头
他最先看到了那片绚烂的风景
他高声说出心中的联想和感情的涌动
他用诗歌般美丽的描述　表达日出的壮美
它是站在海岸遥望海中已经
看得见桅杆尖头的一只航船
它是立于高山之巅　遥望东方
已见光芒四射　喷薄欲出的
一轮朝阳　它是躁动于母腹中的
快要成熟的婴儿

这是一个伟大思想家　政治家和诗人的
最生动　形象　经典的预言　不是谁都能
看到这一切　不是谁都坚信会出现
这一切

这是他对中国历史的深邃阅读
这是他对中国现状的深刻解读
这是他对可能发生动摇的坚定回答
这是他对曲折前途的深情期望

他的诗般和梦般的预言背后
其实已经潜伏奔涌的洪流
他的坚定和从容的步履寸尺

其实出现了泥泞和坎坷
最姣美的月夜　总有乌云泛起
最鲜艳的花季　总有雨打风摧
最真挚的情怀　总有无端的猜疑
最圣洁的殿堂　总有暗影摇曳

或许也是东风不与周郎便
或许也是商女不知亡国恨
或许更是黑云压城城欲摧
树欲静而风不止

19

先生被历史的波澜搅得憔悴不已
先生被革命的风云裹得疲倦万分
先生也许有太多的遗憾和眷恋
先生也许最后读懂了中国的纷繁与复杂
先生撒手尘寰　绝终语不及私
果然是一颗太阳的玉碎
依然光影照人①

先生走了　留下一个巨大的谜
他没有指定自己的接班人
他自己似乎知道　任何的选定
那只是自己对历史的判断　这判断在他的烽火
征途　曾经付出了多少生命的代价
他终于决定　这部伟大历史的最重要的一笔
要留给历史自己书写

---

① 这里"先生"指孙中山。

他自己走来了　他被一个叫鲍罗庭的俄国人牵引①
那个牵引他的拉脱维亚人　自己就是一部传奇
还刚刚十九岁的犹太青年格鲁森伯格
就知道以"崩得"的方式　选择历史的转折②
让列宁在即将失败的时刻看到了光明
也就是这个格鲁森伯格　他走近了孙中山
先生对他的印象和感觉　也像读到了
一部精彩的传奇　称之为"无与伦比的人"

无与伦比的人　自然有无与伦比的天才
和人格艺术　他注重熟悉中国礼节
他的居室没有列宁像　却有孙中山的尊容
他用自己智慧和思想的魔瓶　变幻着
国民党的天空　让那面印着青天白日的旗帜
在群雄争斗的沙场　由蒋介石待机而夺

宋庆龄也感震惊和困惑　她来不及
用心琢磨自己语言的分量　面对蒋介石
第二次东征的大捷和国民党"二大"几乎全票的结局③
一句"比先生的时候弄得更好"的感言　竟无意中
把蒋介石的声名送到了顶点　悲哉　幸哉　悦哉
孙中山在九泉之下应是何种感怀

---

① 这里"他"指蒋介石。
② "崩得"来自犹太语 Bund 即"联盟"之意。格鲁森伯格也就是鲍罗庭。
③ 1926 年 1 月广州举行国民党第二次代表大会,到会代表 256 人,选执委时有效票总数 249 票,蒋介石得 248 票。

20

他从奉化凤麓学堂　　读《三字经》始①
骨子里就消退了父亲盐铺的银元摩擦声响
他东渡日本　　去寻找属于自己的梦
去铸造属于自己的剑　　他毅然走进保定陆军学堂
抚摸着炮筒　　深深呼吸着　　苍天在上
你可有眼看到我心中卷起的狂澜

他终于卧薪尝胆　　冰雪不惧　　荣辱时忘
他穿上了笔挺佩星的将军服　　站在刺刀如林
威风无比的队伍前口若悬河　　他用积蓄
了近二十年的猛士意志　　表达着
欲与日月争辉　　山河竞秀的统帅情肠
　　　党在　国在　我亦在
　　　党亡　国亡　我亦亡
就是这个手中已经握着屠刀　　枪杆和炮筒的人
在望着从嘉兴南湖出发的红船　　望着从地平线上
喷薄东升的旭日　　他的心头塞满了恨和怨
情和仇

他当然也听到了一个声音　　一个比他的声音
更响亮　　更清脆　　更幽远而浑厚的声音　　那浓重的
湘潭口音里　　蕴含着十万支利箭　　正射向他
郁闷而张狂的心脏　　那声音仿佛是从湘江
的波浪上传来
　　　天下者　我们的天下

---

① 这里"他"指蒋介石。

国家者　我们的国家
社会者　我们的社会
我们不说　谁说　我们不干　谁干

是呵　天下　国家　百姓　社会
谁最有资格主宰　谁最能掩涕
哀民生之多艰　谁最能于心所善兮
虽九死其犹未悔
历史在拭目以待　文天祥在拭目以待
谭嗣同在拭目以待　孙中山在拭目以待
七月的太阳　南湖的红船呀
你们听到这一切等待么

21

太阳照耀　火把在辽阔的大地燃烧
太阳照耀　南湖红船　绕过急流　险滩
闯过了峡谷　暗礁　涛声阵阵　江风阵阵
一路风雷　一路烽烟　一路雾遮云罩
20世纪20年代　中国的历史
翻开了崭新的一页
一股波澜壮阔　气势磅礴的革命大潮
呼啸而来　在荡涤淘洗着污泥浊水
也在激扬　颠迷着不同的大脑
他毕竟是读书人　自幼丧父
心灵深处的孤独和无助　苦读四书五经
的偏执和坦荡　知孙至深的祖父叹道
这孩子长大后　不成龙便成蛇
他长大了　一肩行李　一把雨伞踏遍
江淮南北　走进北大圣殿　像普罗米修斯一样

在真理的天堂　在青春的原野　在地狱的魔掌
在森林和石窟　在文学与哲学　在宗教与童话里
奔波　呼喊　冒死　浴火

他终于找到了火之源　他几乎用生命的
代价和生死的忘却　得到了照亮自己和脚
下道路的火　这火是梦之花光　这火
是爱之月光　这火是夜之灯笼　这火
是生之黎明

可惜呵　他应验了祖父的预测
他没有掌握龙的命运　也许
他就不是真龙　他真的像蛇
面对寒光闪闪的刀剑　吐着血火的炮筒
他徘徊苦闷　他并不想放弃
龙的腾跃　他并不想让五四的豪情
付之东流　让前进的红船搁浅
他布满血丝的双眼流出了酸楚的泪滴
他不想说出　他永远没有说出沉淀在心中的委屈
是那个叫鲍罗庭的犹太人又一次用"崩得"的魔术
也把他推到了历史的旋涡
制造旋涡的人　站在中山舰的甲板上冷笑①
鲍罗庭则戴着斯大林颁发的红旗勋章　告别历史留给
他的最后一段时光　陈独秀的幻想破灭了
他欲哭无泪　心被撕裂开来
他看到共产党人流在地上的血迹　他无法想到

----

① 1926年3月20日蒋介石借口中山舰有异动，突然制造了旨在打击共产党人和苏联顾问的"中山舰事件"。事件发生后，由布勃诺夫全权处理，他不仅不同意对蒋介石进行反击，反而决定要中共向蒋介石让步。在贯彻布勃诺夫的这一方针时，鲍罗庭起到了关键性作用，并由他说服共产党人接受蒋介石的整理党务案。

那竟是共产国际制造的子弹　射进了中国工农的头颅①

这是中国共产党初始时的第一个大悲剧
是初升的太阳　　一次
沉重的创伤　是疾驰的红船　一次
带血的碰撞　也是陈独秀个人的大悲剧呵
他没有走出残忍的旋涡　他是一只替罪的羊
他又重新走进地狱　不能再去盗火
他只能隔着铁窗　望阳光与树木　青草絮语
他也在想痛苦的真正含义　百姓的痛苦　土地
的痛苦　民族的痛苦　知识者的痛苦　谁愿意痛苦
该为谁痛苦　别人不能痛苦　所以你必须痛苦

所以你必须痛苦　陈独秀闭上了眼睛
那是在十六年后的四川江津　他是在贫病交加中走远
他是依着鹤山坪石墙院的篱笆离去　他清瘦的影子
仍然像一个火把　放射着照人的红焰
他被风吹起白发　依然像飘飞的旗帜
留给人间无尽的怀念
毛泽东曾路过安庆　他想起了陈独秀
他驻足凝神　问身边的随行　陈独秀家还有谁
还有谁　还有谁　当年问苍茫大地的声音
还有谁　还有谁　已经被天安门的城楼记住的声音
是在告诉历史　告诉世人　告诉良知　告诉岁月
陈独秀还活在人民心中　还活在太阳的光芒里
还活在滚滚不息的江河中

---

① 布哈林在中共"六大"所作的《中国革命与中国共产党任务》报告中不得不承认："共产国际武装中国军阀而没有帮助中国共产党武装工农,结果,我国无产阶级制造的子弹射进了中国工农的头颅。"

不要评说　天地不老
纵要评说　关山万重
独秀原是故乡的山
泉水有知长有声

22

中国是个大舞台　中国拥有的古老文明
和近代繁华　曾经让西方人目瞪口呆
王朝的兴衰　人间的美丑　战争的成败
从来都有人导演　编排　充当角色
任岁月的烟雨　大自然的变幻
都无法掩埋历史的本来面目
凶残的　狰狞的　伪善的　疯狂的
一切都随着时空的转移　呈现
它的苍凉　沉重　惨烈　血腥和悲哀

蒋介石并没有忘记袁世凯　张勋　段祺瑞
曹汝霖的倒行逆施　也不会忘记
孙中山　陈独秀的曾经风光和苍凉
悲怨　他有太多的煎熬　岁月的阅览
有太多的刀光剑影的磨炼　有太多的
冷酷和残忍的追杀　有太多的苦思和
冥想的记忆　有太多的主义和真理的
辨析　有太多的利益和尊严的选择
有太多的古董与经典的考证　有太多的
正义和情绪的牵动　有太多的吞吐
和钻营的自侮　有太多的至高和任意的
挥洒　他在选择命运
命运也在选择他　他的命运定然是

无数人的命运　　他的命运定然是
历史的命运和一个国家民族的命运
他没有　　也不可能
吸取"王莽、曹操、司马懿、拿破仑、梅特涅之徒"的教训
他始终只相信自己
他对自己所有的决断和行为
都自视为最聪明的选择

他在肆意妄为　　从来没有想到
肯自己收场　　或者自觉罢休
一种盗世欺名的欲望冲动
早已压倒了他的理性智慧
知道历史　　读历史是大悟之门
而他却自己紧闭着历史之门①

命运之神　　会把他引向何方
何方是他命运的最后归宿
他的生命　　学识　　智慧　　胆略
在演绎他的人生和制造他的命运
后来有西方人评论他　　是政治领袖
不是政治家　　是战术家　　不是战略家
是大独裁者　　却缺乏做大独裁者的工具
是希腊悲剧的人物　　但悲剧是他
自己造成的

或许这能从某个侧面见证蒋介石的命运和终极价值
或许这就是蒋介石在历史屏幕上的真实形象

---

① 毛泽东写过一篇文章《纪念孙中山先生》，他在文章中说："读历史是智慧的事。"

23

南昌城的枪声响了

军号和炮声驱散了黎明前的黑暗

缠在总指挥贺龙衣袖上的红布条

闪耀着太阳的光芒

城楼上　插上了火红的军旗

墙壁上　贴上了"八一"革命宣传大纲

这是共产党武装反抗国民党反动派的第一枪

这是平地的一声惊雷　宣告中国共产党

有了独立的革命武装

这是对"四一二"蒋介石发动反革命政变的反抗

这是对汪精卫集团叛变的强硬讨伐

这是对陈独秀退让政策的深刻反思

这是对革命前途的一次关键较量

南昌起义　为"八七会议"点亮了灯火

南昌起义　为"八七会议"动员了力量

南昌起义　为开辟中国革命道路扫除了第一道障碍

南昌起义　为土地革命和武装反抗国民党

奠定了思想基础　标示了前进的方向

秋收起义　湘南暴动

井冈山会师　广州烽火

风卷红旗　霞染军衣　铁流滚滚

山呼海啸　农村僻野　深山峻岭

星星之火　渐成燎原之势

工农武装割据　开辟农村包围城市的

宽广大道　中国共产党丢掉了洋拐杖

中国共产党实现了新转折

东方的太阳更亮了

东方的天空更朗了

南湖的红船

又驶进了波浪翻腾的新航程

24

辛亥革命终结封建王朝

送皇冠落地靠的是枪杆子

孙中山的伟大贡献则最先给中国革命

带来了军事　黄兴的卓越功勋

则靠枪杆子屡战屡勇

蒋介石靠枪杆子登上中国政治

舞台　毛泽东却从枪杆子

发现了一条颠扑不破的真理

枪杆子里面出政权　他从流血与头颅落地的惨重教训

纠正了自己最初不赞成暴力革命的观念

他曾崇拜克鲁泡特金的无政府主义　用温情

向强权者持续忠告　我们要实现

呼声革命　面包呼声　自由呼声　平等呼声　是呵

正是有血的反革命　唤醒了他的无血革命

正是炸弹的反革命　告诉他懂得了要靠枪杆子革命

"四一二"政变的阴云　高举屠刀的血腥暴行

一时中国大地笼罩了白色恐怖　共产党人

革命志士面临的刀光剑影　毛泽东心里愈加

明白　批判的武器不能代替武器的批判

共产党手里必须有枪杆子　有大刀　有炮弹

甚至还要有坦克　飞机

毛泽东以从未有过的从容　从未有过的激励
从未有过的缜密　从未有过的清醒　他在
党的8月7日紧急会议上说出了一番拨云见日的道理：
我们知道了枪杆子里面出政权　并不等于
就知道了武装割据　知道了武装割据
不一定懂得农村包围城市　因为列宁没有
这样说过　斯大林也没有说过　只有蒋介石
才这样告诉我们　但他没有说　只是用
反革命的武装给我们上课

毛泽东没有被天空翻滚的乌云遮住目光
他反而看到了漆黑在孕育光明的未来
他明白其然　也知其所以然
他知道从哪里来　走到哪里去
他相信自己对未来的眺望
就像预判明天早上太阳会升起

也就在浏阳文家市里仁学校
那个很小很小的草坪　也像一个罗盘
毛泽东站在台阶上　拨动指针　朝着罗霄山脉
用小石头能砸破大水缸的比喻
描述农村包围城市的光明前景
这是历史的选择　也同样是命运的选择
更是人民的选择　这就是毛泽东的选择

毛泽东的思想精髓在枪杆子　毛泽东的立足根基在
　井冈山

斯大林不了解毛泽东　布哈林却称赞毛泽东①
毛泽东开创了东方革命的道路　终于共产国际知道了
　　毛泽东
毛泽东通过枪杆子透视了蒋介石　又从蒋介石认识了
　　中国革命
他就选择了蒋介石　去思考　去谋划　去千回百折
寻找战胜蒋介石的策略和机遇　毛泽东知道
得道多助　失道寡助　乱道必诛　天地不容
就连被称为不倒翁的阎锡山也数落蒋介石有四必败
　　　　一曰与党为敌　二曰与国为敌
　　　　三曰与民为敌　四曰与公理为敌
蒋介石不会相信有四必败
他只相信自己的偏执　冷酷和铁拳　刺刀

他相信自己的逻辑和倔强
他还相信自己的权谋和深算
他不相信毛泽东是他的对手
他只相信毛泽东是一个书生
手里只有笔杆子和书籍　诗词歌赋
还有那满头飘逸的长发

于是他心里梦中　只有一个又一个共产党领袖
败北的镜头　法庭在审判陈独秀
死神架走了向忠发　子弹穿透了瞿秋白
毛泽东　你也等着吧　我蒋介石就要上山

---

① 1927年5月共产国际执委会第八次会议上布哈林专门引用毛泽东的《湖南农民运动考察报告》作为辩驳托洛茨基的论据。他称赞："这是一篇非常好的,很有意义的报告。"

25

毛泽东的确是诗人　蒋介石没有说错
山下旌旗在望　山头鼓角相闻
烽烟滚滚来天半　雾满龙冈千嶂暗
这些诗句都是送给蒋介石的　蒋介石不一定欣赏
可罗霄山脉的山山水水　层层梯田
架架山梁　道道沟谷在朗读在歌唱
毛泽东的激越诗章　满山的梭镖大刀
满冈的火炮　土炮　还有地沟的炸雷
都涂上了诗的色彩　俨然一座坚固的城堡
在井冈山太阳的光芒里巍峨挺立

蒋介石没有想到　对付一个书生诗人
让他寝食难安　昼夜守望　一而再
再而三　三而四　四而五围剿　围剿
再围剿　他损兵折将　他声嘶力竭
他欲罢不能　他不得不三任总司令
亲征前线　几乎在将士面前　汗颜落泪

什么"九一八"事变　"一·二八"事变①
不管天上飞机轰鸣　还是地上坦克直入
攘外必先安内　蒋介石铁了心肠
情愿让国人痛骂　也要将毛泽东擒获
真个是风萧萧兮　易水寒
壮士一去不复还　共产党的红军壮士

---

① 1931年9月18日,日本帝国主义侵占沈阳。东北军张学良奉蒋之命"绝对不抵抗"。1932年1月28日,日本军队在上海发动进攻。国民党十九路军违抗国民党政府命令,奋起抗战。

不惧敌军围困万千重　挥臂劈开
一条血路　挽湘江于肩头　竟拧成
一股红色铁流　冲出层层封锁
走向新的征途

26

湘江之战　红军的鲜血染红了湘江
湘江之战　红军损失过半
湘江之战　蒋介石看到了第五次围剿胜利的曙光
他心中更欣喜的则是毛泽东被免职
毛泽东无法再与他对抗　他害怕毛泽东
就像别人害怕他一样

毛泽东毕竟是毛泽东
毛泽东在担架上　在云山古寺　在小庙前
那棵黄桷树下　用心灵的阳光与阳光的心灵
对话　发誓要把眼前的坚冰划破
毛泽东拄着拐杖越过老山界　在恭城书院
他沐雪和张闻天　王稼祥仰望夜空的月亮

红军向何方　何方有太阳
毛泽东指着通道的山岭　就像是用
手在劈开一条通道　西进　向敌兵力薄弱的贵州
毛泽东的声音　震撼着崇山峻岭　山溪流泉
一句话　一个手势　一次谈心　一片真诚
决定了一支军队的命运　决定了一个党的命运
决定了一个国家的命运　决定了未来世纪的命运

命运选择了毛泽东　毛泽东没有辜负命运的选择

他用诗人的浪漫与激情　感动了流血的
时光　感动了无数命运的跟随　把一个生存
的世界夺了回来

27

秋霜无语　染红了山峦坡边的枫林
细雨绵绵　打湿了去遵义的高速公路
我灵魂里诗的脚印　已经踏上了祖国西南
这片神奇　凝重　庄严而灵秀的山水
她是去寻找太阳放射辉煌的那个时刻
和那个转折关头的历史足音

我乘坐的吉普车　从贵阳穿过迷蒙的雨雾
向遵义飞奔　沿途站立在公路边的黑瓦白墙的新楼
掩映在绿树和高大的高压电塔下
把苍翠重叠的山岭装饰成一幅生动的油画
阳朗坝近了　路边的野草红花在风里摇曳
顿时　我的眼前蒙上了一层厚厚的阴影

我的心跳沉重起来　呼吸也变得愈加急促
我知道阳朗坝　山窝深处的那一片庄园式的建筑
原本就是国民党反动派杀人的魔窟
1938年冬天　那串寒冷而阴森的日子
息烽集中营就张开凶残的血口[①]
吞噬着崇高的灵魂　不屈的脊梁和光明的渴望

[①] 息烽集中营是蒋介石设置的杀人魔窟中的一个典型。从1938年11月设立到1946年7月撤销，共七年零八个月，先后监禁过杨虎城、罗世文、车耀先、许晓轩、韩子栋、黄显声、张露萍、宋绮云、马寅初等一千二百多名共产党人和进步人士，其中被秘密杀害和摧残致死者多达六百余人。

森森　仅仅八岁的小孩　在牢笼的图画本上
画着自己心中的骏马　飞鸟　小鹿　每一笔都闪耀着
童话的天真　梦幻　纯粹和对人世的向往
他也逃不出魔鬼的手掌　倒在黎明前的血泊里
和他的父亲母亲　一同履行苦难生命
对真理和太阳的崇拜忠诚①

"真理　充满她们的内心
微笑　织成她们的心幕
亲爱　更是时刻在心弦弹出
胜利　代替她们的一切情绪"②
这就是生命云霞放射出的
击退黑暗的璀璨
这就是明心湖边烧塌魔鬼宫殿的丹心火光③

我深怀忆念和敬仰　我手捧白色鲜花
也是捧着自己的心和血　我走近杨虎城　罗世文
许晓轩　张露萍　我走近所有
为中华民族解放而献身的英灵呵
这不是一次简单的祭奠和祈愿
我是来寻找属于今天和未来的彻悟和光明

乌江在我脚下奔腾　村舍　乡野
在我眼前掠过　云雀在苍穹飞鸣
一种浓浓的清凉　吹散了浮在半空的雨雾

---

① 1949年9月,共产党员宋绮云、徐林侠夫妇及幼子宋振中(又名森森,小说《红岩》中小萝卜头的原型)一家三口和杨虎城将军在息烽集中营惨遭杀害。
② 张露萍烈士在狱中写下的遗诗。
③ 息烽集中营内有一个山地湖泊,反动派取名为"明心湖"。

一抹午后的艳阳　在遵义城的山巅
放射出万道金黄和红绿的斑斓
眼前的世界变得异常蓬勃和壮观

谁说遵义古城　是用意志和精神加固翻新
是用血的启迪心的疼痛和胸的辽阔装点
因此血火铸造的转折与冉冉升起的太阳
才会在一座青砖黑瓦板栗色涂染的檐柱　窗棂的小楼
蘸着幽静　古朴　清秀书写一部壮丽的诗史
让如铁雄关伸展开擎天的巨臂

此刻　我凝望院东那口长方形的小井
就有一股清泉流进心田　我又抚摸楼东侧
那棵大槐树　仿佛万里长城就在脚下涌来
凤凰山变得庄严　温厚　苍郁　沉稳
骤然升腾的紫气　翠绿氤氲出一片磅礴
怀抱着柏公馆演奏一曲震撼神州的激越乐章①

1935年1月15日至17日
一个长方形二十七平方米的会议室
一张褐色长方的樟木桌　一面古色的壁钟
二十张木架藤条折叠的靠背椅　一盏荷叶煤油吊灯
在牵引着从炮火硝烟刀光剑影饥寒血泊中
走来的红军领袖严肃地思考红军的命运和革命的前途

蜿蜒如虹的老城墙
在寒流滚滚的风中感触了温暖
满山的树木　披上了冬天少有的绿色

---

① 遵义会议会址为遵义旧城"柏公馆"。是黔军二十五军第二师师长柏辉章的公馆。

从湘江走来　又在湘江河边站起来的毛泽东①
他心上的沉重　衣袖上的风尘
终于化成了一片久盼的人间晴朗

是桌子底下那个大火盆
那是盛满热血　激情　智慧　勇气的圣炉
这些天它烧得格外旺格外红格外亮
熊熊如太阳般火红的光焰
带着热　带着光　带着雷　带着风暴　在奔突传递
从衣衫　从手脚　到脑海　直抵达心与天地

是失败　是抗争　是浴火　是踏冰
是流血　是牺牲　是反思　是辩论
这都是用千千万万的生命换来的柴火和清醒
才把意志　感情　信念冶炼成坚强　壮美和挺立
毛泽东和他的战友　彼此在倾听岁月的心跳
此刻　都在燃烧同一个信念　同一个希望

毛泽东从木藤椅上缓缓站起身子
他从容而深情地面对二十双睁大的眼睛
他分明听到了大家的呼吸　他也清晰地
看到了窗外那棵古老的槐树　片片树叶
都在风里抖动　窗棂上晃动的影子
没有挡住他心中奔涌的激奋和凝重

"前面就是夜郎国了
这是当年李白流放的地方　而李白并没有
真的走到夜郎　他是途中遇到大赦就回去了

---

① 遵义城中有一条河，名字叫"湘江河"。

可是老天　谁赦我们哪
蒋委员长是不会赦我们的
我们还得靠两条腿走下去"①

走下去呵　前面有高山　有江河　有险谷
走下去呵　地上有坎坷　有荆棘　有鸿沟
走下去呵　天空有乌云　阴霾　冰雪
走下去呵　岁月有寒冷　酷暑　饥饿
走下去呵　征途茫茫　枪林弹雨　十万难关
走下去呵　局势难断　人心难料　世事苍凉

走下去　曾经沧海盼秋水
走下去　征途迷蒙望北斗
走下去　梦断花残念知心
走下去　生死攸关唤舵手
走下去　铁马冰河待春风
走下去　雁叫霜晨迎朝阳

是的　这是值得中华民族永远铭记的日子
是的　这是一座伟大祖国拥有自豪和欣慰的古城
当太阳从这里升起　当红船重新起航
当青山举起旗帜　当碧浪托起风帆
当苦难点燃灯光　当阳光照亮心房
太阳是神的化身　太阳不需要盲从崇拜
太阳只需要懂得光明的真正含义
和创造光明的自觉悲壮与灿烂的灵魂力量

---

① 毛泽东在遵义会议上的发言摘录，见《走进遵义会议会址》，中央文献出版社 2009 年 9 月第 1 版第 30 页。

在西风的悲烈呼号声中
在马蹄的呜咽雄浑声中
在苍海奔腾的轰鸣声中
在残阳泣血的悲歌声中
历史终于卸去了毛泽东脚上的镣铐
历史终于恢复了中国革命最雄壮的舞台
更铺开了一条洒满阳光的航道
用诗歌的瑰丽书写红军的凯旋

尽管冬雪依然　花落依然
尽管黑夜依然　朦胧依然
尽管风烟依然　暴雨依然
这条重新开启的航道　已连接上二万五千里的征程
那是一幅何等壮丽悲烈的画卷呵
就在红军的眼前庄严铺展

长征　没有资料表明
曾经历史上有过　至少不曾有这样漫漫的长征路
毛泽东明白　红军长征是被蒋介石逼的
毛泽东也断言　长征是宣言书　长征是宣传队
长征是播种机　蒋介石也是没有想到
他逼红军长征　竟然使红军都成为中国
历史上最伟大的英雄

蒋介石　还是不想放过毛泽东和红军
他命国军长追不舍　围追堵截　使出浑身解数
红军从瑞金　宁都为起点开始长征
四渡赤水　巧过金沙江
越过大凉山　安顺场　抢渡天险
大渡河　飞夺泸定桥　翻过夹金山

突破腊子口　越岷山　翻越六盘山到达吴起镇
这是世界上的奇迹
这是凤凰的涅槃　只有共产党领导的红军
才能树起这样的历史丰碑
才能铸造这样的战争奇观

28

延安　一个远古明月朗照的山川
始祖黄帝生息的故乡
一片曾经让千百万热血青年向往的土地
一个把民族危亡系在心头的地方

延安　有一条诞生思想和诗歌的河流
有一个铸造信仰和凝聚力量的熔炉
有一片曾经荒凉中开垦出的绿洲
有一脉把中国命运扛在肩上的山岭

延安　今天虽然我来迟了
但我却早已几回梦里到延安
不要说我这是第一次用眼睛亲吻你呵
但我却久已在心中把你歌唱

今天　我看到枣园窑洞黄土的颜色
比金子的光芒更耀眼　我知道你的灯火
已化成天安门城楼上的朝霞
和普照神州大地的阳光

就是这桌上留下的书稿
洞中的纺车　还有尘染的椅子

仍然风貌依旧　在深情凝望
映在墙壁上的伟岸身影

那是一种怎样的姿态
一双何等明澈的眼睛
在支撑　瞭望炮火硝烟弥漫的天空
倾听黄河上下浪涛的轰响

我走过毛泽东的菜地
夏风从肩头吹过　绿叶轻声告诉我
这是一片曾经栽种自由和民主的土地
已经从这里收获了全国人民的期盼

我看见　那一面面从万里长征路上
飘来的旗帜　用血火染成的红色
壮大着在号角声中挺进的勇士
将黑暗和艰险消融

宝塔山　毅然抖落千年的风尘
俯视纵横的山冈　沟壑
昂首星空　胸中沸腾着
一个伟大民族的澎湃血液

延安　你是祖国版图上
永远灿烂的星座　你的光辉
让我们的记忆更清晰
神圣的追求永不停息

延安　你是耸立在我们心上
一座雄伟巍峨的红色博物馆

你珍藏在心中的电光雷火
永远照耀苦难历程的每个悲壮片断

那是一场良知和浩气凝成的风暴
在沉默和悲愤中酝酿
凌晨约五时许　枪声从行辕大门
传来　那是令人心惊的枪声
一般不该或不会出现的枪声

他的身子有些许颤抖　他不等侍卫归来
便闪身经飞虹桥　越墙而出
这不是别人　就是曾经发令三军追剿
红军的蒋介石　他绝对不会想到
已逾五十的人生自己会有如此惊险的一幕

1936年12月12日　西安事变
历史站在了十字路口
它在审视中国的命运
张学良也站到十字路口
他在倾听四面八方的声音
蒋介石也站到了十字路口
需要作出自己应作的选择

是谁把他们推到了十字路口
或许历史本身就有一个十字路口
还是听一听那位蔡元培老者的话吧
关于中国的事情　我们应该坚定
应该以无畏的精神抵抗　只要我们抵抗
中国一定有出路

谁不叫抵抗　谁不愿抵抗
谁不准抵抗　谁反对抵抗

是蒋介石　这个一心一意只知道剿共
的蒋介石　置民族安危　国家安危　百姓安危
而不顾　张学良不是共产党人
他的良知　良心和对中国的深重思考
他没有停止在十字路口　他以明月般
的清醒和坦荡　不能不对蒋介石
实行兵谏　跌伤了腿的
蒋委员长　躺在床上拒绝饮食
拒绝张学良求见　甚至装出
一副要寻死的样子　一个堂堂的统帅
竟在看守的士兵前变得那样焦躁
那样凶暴　那样无赖　是的
他不可能不这样　他曾经是何等
的英雄气概　想力拔山兮一举消灭
共产党和它的军队　八年呵
两千九百二十多天　只有两个星期
就要清剿掉他的心腹之患
念念而时刻不忘
的深心之痛　之忧　之恨
此次事变　为我国的革命过程中一大顿挫
八年剿匪之功　预计将于两个星期(至多一月内)
可竟全功者　竟坐此变　几全隳于一旦①
其实　并非西安事变　改变了蒋介石的命运
他的命运早已被人心和历史掌握　这是蒋介石
永远也没有弄明白的　直到他在台北市郊草山脚下

---

① 蒋介石日记。见华艺出版社金一南著《苦难辉煌》第3页。

的士林官邸　极其凄凉地
闭上眼睛

经过二万五千里的千难万险　中国红军炼成了钢铁之师
延安宝塔山上升起了一轮红日　天变得更蓝
地变得更绿　河水变得更亮　就连山丹丹
也开得更艳　山坡上的羊群也跑得更欢
毛泽东站在延河边　他正在沉思　共产党
怎样担当起抗日的重担　他的身前身后不知道
什么时候　竟簇拥出那么多来自大江南北的优秀儿男
此刻毛泽东耳边仿佛响起松花江的悲鸣及黄河的咆哮
长城的呐喊
他还看到北国上空　也是乌云翻卷而来　还伴着隐隐雷鸣
　　　山雨欲来风满楼
　　　黑云压城城欲摧
延安天空的太阳　又将要以生命的顽力
拨开乌云黑雾和狂风暴雨

西安事变的电文　就在毛泽东手上
毛泽东看着电文　他紧皱的眉头舒展开来
他看到乌云密布的天空透出了一线光芒
他用坚定的语气对周恩来说
去吧　去见见你在肤施城天主教堂
长谈过的张少帅　帮助他把事变处理好

毛泽东不是站在十字路口　他是看着站在
十字路口的人　毛泽东是读着历史
在写历史　他知道张学良注定
要在历史上千古不朽　这些夜晚
张学良是一个极度悲伤和灵魂被煎熬

的人　1931年那个悲伤的九一八夜晚
他正偕妻在广和剧院看梅兰芳演《宇宙锋》
如岩浆灼心的国恨家仇呵
使他看清了蒋介石的残忍和野心
他已别无选择
他决心走自己选择的道路　面对
眼前的耍无赖的蒋介石　他彷徨
向何人问策　年轻的少帅呵
第一次尝到了孤独和惶恐的滋味
他也在凝望陕北那片天空
他在寻找那片天空的亮光

他果真盼到了亮光　周恩来不期而至
少帅露出了少有的笑容　他挺起了胸膛
他知道这个自己曾经　情投意合的共产党领袖
一定能为西安谋主　拨云见日
大自然雕塑了华清池
上帝又给它引来了温泉
在绿色山岩与彩色花树里做梦
会是别有一番滋味

此刻　蒋介石　胸中装着十万块坚冰
他铁青的脸　第一次在夫人面前
流下伤心的泪滴　眼光有些暗淡
对着周恩来说　我想见儿子

于是天道和大义洗礼了穿越烽火的刀枪
那一颗颗日月精华
铸成的将心　竟然化作了一团烈火
统帅慢慢地低头自语

把眼睛朝窗外望去
他突然用微弱的声音说出了
违心的承诺

从此风云岁月的这一大事变
既有狂飙从天而降的国之大幸
又有悲歌将从头唱起
历史真是无情啊
可惜张少帅的摆队送元霸　负荆请罪的初衷
却招来终身禁锢
天悠悠　地悠悠
岁月悠悠　不解此中
忧与怨　恨与愁

29

九一八　九一八
那个悲惨的时候　这些悲伤的日子
日寇的铁蹄蹂碎了
他们曾向往的
"心之故乡"就连当年赴大唐
求学的阿倍仲麻吕　那个
被李白笑恋的"明月"①
也在长安的苍梧林中消逝
这是怎样的历史逆转　怎样的
恩仇颠倒　或许正是琉球被
轻易吞并　日本膨胀的胃　迅速而

---

① 见《大国崛起》,唐晋主编,人民出版社出版,第282页。日本人一直向往中国文明,曾称中国为"心之故乡"。唐玄宗时日本学者阿倍仲麻吕赴唐学成进士,与李白交往甚笃。阿倍仲麻吕死后,李白作诗以念:"明月不归沉碧海,白云愁色满苍梧。"

急剧地生长出黑色的翅膀
要用军刀的羽毛　去遮挡东方的阳光

梦想　有时会很美丽　诗意　但梦想
一旦变成狂想和失去理智的疯癫
世界的黑暗就会降临　一切善良的愿望和
美好的期待　乃至自然界的恩赐　都会
在一个早晨或一个夜晚演变成无数的
人间悲剧和历史的悲哀记忆

西安的大雁塔顶在清晨的朦胧隐现的
那缕曙光　在召唤太阳从沉重的晓雾
里升起　去照耀受伤的古老神州　洗刷
蒙在头颅上的深深耻辱　揭开雄伟悲壮
大抗日之幕　中国人要用自己的血肉之躯
和民族的钢铁意志决定日本的命运

天道　地道　人道的狂飚已经降落在中国人的
　手上
世界历史就要掀开新的一页
延安的宝塔山上太阳又升起来了
它正以辉煌的火焰
去驱散天空厚重的云层

乌云不会轻易离去　乌鸦的翅膀仍企图
张开　它不甘心就这样让太阳照亮东方
卢沟桥上的炮声紧了　上海城弥漫
着滚滚硝烟　南京被屠城　鲜血流成了河
这是何等腥风血雨的黑色日子
何等撕裂肝胆的民族悲歌　洛川的夜晚灯火明亮

洛川的号角响彻朝晨
不屈服的中华儿女　朝着枪林弹雨走来了
浑身燃烧着仇恨的烈火
英勇的中国军队朝着炮火硝烟挺立着
向着破碎的山河发誓
胸中汹涌着愤怒江河

那是一股势不可挡的铁石洪流
是用仇恨　耻辱　血泪凝成的滔天波浪
是用怒火　身躯　呐喊锻铸的倚天宝剑
要荡涤一切黑暗　凶残　斩断侵略者的魔爪
平型关之战就是第一道闪电
必然牵动万钧雷霆　千道霹雳
可笑　日本皇军不可战胜的神话　只一个早上
就在八路军的冲锋号声中破灭

雁门飞雁频传捷报　五台山烽火映红天际
新四军挥师皖南　大江南北地动山摇
游击战　地道战　地雷战　茫茫青纱帐
沉沉铁路线　雾漫湖泊　泥垒山庄
处处是战场　遍地举刀枪
滚滚怒涛吼　熊熊烈火燃
哪怕阴风四起　白色恐怖　任凭铁窗锁链
狼嚎虎啸　要粉碎同室操戈　黑枪暗箭
要戳穿"速胜"、"亡国"的论调
百团大战高举悲壮和正义的大旗
翻江倒海擒龙伏虎　万马奔腾卷巨澜
敢叫日寇闻风丧胆　唇亡齿寒

这就是不屈江河的本性

这就是不倒国魂的悲壮
这是真正的火凤凰涅槃　是伟大的民族生命力和精神
最豪迈最英雄的横流浩荡

我知道　纵然黑雾千重　星星仍在夜的深处张望
纵然山冈　城郭　大地流血哀号
太阳仍在风雨阴霾里穿行
她在用火炬般的光芒
艰难地呼唤和透视东方这片短暂的迷茫

起来　万里神州狂飚卷起
全中国在用热血拯救危亡的祖国
前进　万里长城群山奔腾
任何力量也不能阻止挺进的中国

《义勇军进行曲》中国灵魂和血脉凝成的
战神　是穿越黑夜的神圣利箭和震天音符
是战胜死亡和懦弱　背叛的地火和宝剑
是凝铸中华民族五千年文明的光明呐喊
驱散阴霾的浩荡雄风　起来
我们从地上爬起来　从血泊里闯过来
从荆棘中踩过来　朝着这片
暂时熄灭战火的大地　深情
仰望天空的那片霞光

30

历史的长河　有时会出现旋涡
当抗日的曙光照亮东方的地平线
当浩瀚奔涌的大海波映万道霞光

即将崩溃的日本作战大本营　突然想死里求生
企图拼尽最后一息生命的力量

于是　豫中战役　长衡战役　桂柳战役
便拉开了血火的屏障　国民党的军队
在各战场　浴血顽强抵抗　只能用成千上万的生命
书写败军的挽词　中原失守的悲剧
又给衡阳陷落披上一片黑色的哀缦

日本鬼子看到了苟活的微光
剽悍的战马疯狂进犯贵州
黔南重镇独山　贵阳　重庆都面临覆亡的危险
国民政府的惊恐　让一盘大棋　乱了方寸
商讨放弃重庆　迁都西南和大西北　天空布满阴云

中华民族生死存亡　到了最危险的时刻
民族大义呼唤清醒的中华有识之士
挥臂疾呼　国共不要同室操戈　应精诚合作
力挽狂澜　否则国党必然崩盘
东方的帝国　会蒙上耻辱的悲伤

历史会铭记1945年6月2日褚辅成　黄炎培
冷遹　王云五　傅斯年　左舜生　章伯钧的联名致电
毛泽东　周恩来　打开了延安的大门
团结之政治解决　久为国人所渴望……
王若飞带着神圣的使命招手
请诸位来延安

蒋介石很迷茫　他背手在室内踱步
面无表情地哼了一声　让他们几个去折腾吧

嘴角泛起的冷笑　掩盖不了他内心的彷徨
毛泽东毅然去机场迎候　阳光格外明亮
又有谁知道　此刻的东风
竟鼓起了中华民族搏击宇宙的翅膀①

傅斯年先生　你在北大闪光的日子
可知道图书馆那位说湖南土话的助理员
多么渴望你倾听一回他的梦想遐思
你因为忙碌　抑或是行空天马的凌云
只能让悲叹的记忆刻进潇湘学子心上

可就在这帝国之都的未名湖畔　他却看到了民族的
　光芒
他用诗人的情怀　品尝北国的早春　寻思坚冰打破
瑰丽无比的景色　在北海怒放的梅花
竟有几许迷人的芬芳　一个辉煌的大梦诞生了
一飞冲天　在古老的天安门城楼投下伟大的巨影

光芒四射的超级巨星　此刻正在风清月白的黄土高原
用一腔赤子热血　一颗舜尧丹心主宰中国的命运
他把抗日的狂飚从手中抛向烽烟四起的沙场
正当蒋介石不屑一顾地翻动《会谈纪要》
毛泽东手中的
《赫尔利和蒋介石的双簧已经破产》的檄文
如太阳横空出世

许是上帝也动情　许是得道有乾坤　许是潮流面向东
只有五十四天的轮回　千秋耻　终化雪

---

① 见《陈寅恪与傅斯年》,岳南著,陕西师范大学出版社出版,第208—212页。

在《波茨坦公告》的旋律中　裁判了战争的胜负
美国残忍地投下第一颗原子弹
苏联红军又吹响了一举歼灭百万日军的冲锋号

日本天皇没有心思　再听刺刀和炮弹的蛊惑
第一回明智地选择了无条件投降
中华民族憋了整整八年的苦难　辛酸屈辱忍痛之气呵
才换回祖国的尊严　独立　自由与豪迈
谁会笑　谁最后笑　终于找到了合乎历史逻辑的答案

本该举国欢腾　血色的花有了怒放的春天
本该国民甜美地进入民族平安的梦乡
本该山水田园城郭享受宁静的滋润
本该岁月光阴镀上金色的期盼
本该孔子　孟子　老子　屈原　李白共同举杯邀月舒畅

是本该　却颠覆　想本该　是幻想
那片从重庆飘来的黑云　那颗伴阴霾飞来的子弹
要残忍地刺伤亿万人的良心　把良知和仁道
扭曲成一首民族悲歌
在东方的大地　如魔影游荡

我当然知道　王朝更替　血火焚心
百姓涂炭　山河破碎　百花凋零
始终逃脱不了恶性欲望膨胀的深渊
那是天底地狱的磨难呵
总会被道貌岸然的君子游戏

风从龙　云从虎
雨从鹤　露从凤

甘霖从及时　雷电从天母
吟不尽的高天厚土之慷慨
悲不完的人间曲直朦胧和无奈

谁持彩练当空舞　雨后复斜阳
谁骑马过关山　离天三尺三
谁仗剑走天涯　独慕昆仑胆
谁飞雪迎春到　烂漫遍天涯
是中华之国魂　汉字舞动满天霞

遥看天河织女星　梁祝化蝶渡鹊桥
有诗吟断昭君梦　黄河之水袖中来
琴也泣　笛也诉　笙也泪　鼓也歌
总称从头炎黄种　湘妃动情哭楚竹
不说古今愁　更感世纪忧

忧忧忧
愁愁愁
悲悲悲
休休休
心随大江走　圆梦酬九州
……

第四章　辉 煌 沉 重

巍峨奔腾的太行山脉,终于昂首挺胸向一个崭新的时代迈开雄健的步伐,滹沱河畔西柏坡岭上土坯房的灯光,驱散了北国天空最后一抹阴霾,把共和国的黎明点亮。一支从历史的苍茫,岁月的血火,炼狱的严酷,生命的壮烈中走来的进京赶考的队伍,头顶上正升腾满天璀璨的霞光。

31

那是一道泥墙　深情地紧挨着
几间土坯房　屋里的马灯　火盆
和书桌　依然放射着铮亮的光芒
那条红色岁月的热血河流
正在我心上流淌　那辆停泊
在纪念馆一角的吉普车
仿佛还在载着这个小院里
所有沉思和期望在庄严地疾驰飞翔

毛泽东站在作战室发黄的地图前
凝望窗外　那棵高大的梨树　他在倾听
一个满含乡音的声音　那是他自己的声音呵
中国的革命是伟大的　但革命以后的路程更长

工作更伟大　更艰苦　我们务必保持　务必①
我们绝不当李自成
不能当李自成呵
这是对历史的大悟　是古典
赐予今人的无价恩惠

这声音让毛泽东瞬间变得沉静　深情　坦然
他也感觉到脚下的滹沱河正把他的声音
带向辽阔的华北平原　石家庄和北京天安门广场

此刻　毛泽东手指夹着的烟头
正缭绕出一缕淡白色的剪影　他看见抗日英雄王二小
正奔跑在炮火硝烟里　他还听到那牵魂动魄的歌声
　　　最后一碗饭送去做军粮
　　　最后一匹布送去做军装
听着听着他禁不住眼泪盈眶

他还在思考重庆谈判的针锋相对　寸土不让
那些日子蒋介石印发的大量《剿匪手册》
多像黑色的旋风　又想吞没太阳　虽然表面上
签订了《双十协定》②
但那是一张纸　一捅就破
一点燃就会化成灰烬　两支签字笔
余温未尽　蒋介石的几十万大军
就已经迅速集结　玩火者必自焚
历史告诉历史　从来没有玩火者
放弃过自焚的权利

---

① 毛泽东在"七届二中全会"报告里的讲话内容。
② 见高等教育出版社《中共党史》第130页。

蒋介石已经走进了自焚的城堡
毛泽东发出了埋葬蒋介石王朝的战斗檄文
伟大的战略决战开始了
三大战役拉开了从古未有的宏大序幕
一场震惊世界的人民解放战争在东方大地展开
"时乎　时乎　不再来"毛泽东坐在西柏坡的土屋里①
他没有任何的犹豫　在心里这样说

这是一场怎样的军事较量
这是发生在兄弟之间的血火拼杀
历史会牢记这无言表达的疼痛
和生命摧残　作为一个诗人
此刻真难有一种平静的心情来
评述这场战争　而历史上的这种
何其英武　悲壮　又何其短暂苍凉
让涂炭的百姓　燃烧的土地
刻下多少对潮流命运的沉思
一切当被滚滚的历史大潮卷走
那无声无息的　无影无踪的过去
会告诉我们人类社会的正确走向

从 1840 年　鸦片战争蒙受耻辱
到 1911 年　推翻爱新觉罗的辛亥革命
又从 1917 年的俄国十月革命惊雷震动东方
到 1937 年　日本的铁蹄蹂过松花江畔

---

① 见《中共党史重大事件述实》(增补本),杨胜群、陈晋主编,人民出版社出版,第 42 页(2008 年版)。

中国　中华民族　中国人民
经受了怎样的苦难　灾难　磨难和艰难
我们并不想去品味胜利和辉煌
我们只想冷静地阅读这段历史
阅读一本东方太阳的灵魂之歌

伽利略曾说　需要英雄的国家是可悲的
毛泽东也曾说　俱往矣　数风流人物　还看今朝
这两位不同时代的伟人　却对英雄的命运
有截然不同的理论　也许正因为这样
毛泽东的赶考心情变得异常的沉静

历史不会停止它的叙述
历史需要人民群众来描绘
毛泽东已经走进了北京城　他或许也
在金水桥的华表前
在思考伽利略的警言
国家需要不需要有更多的英雄

32

1949年10月1日下午3时
天安门城楼　在阳光的照耀下
显得格外的庄严　辉煌　巍峨
三十万簇拥着红旗　彩带　横幅的军民
在天安门广场汇集成
一片欢乐的海洋　当礼炮响起
在国歌雄壮而悠扬的音乐声中
五星红旗冉冉升起　一瞬间便
融入太阳的辉煌

欢呼声响彻云霄　激动的手臂
像浪花在涌动的人潮上飞舞
"中国人民从此站起来了"
毛泽东的声音顿时传遍了世界
就像东方的朝霞　光芒万丈

就在这一刻　九百六十万平方公里的大地
都在倾听　欢呼　歌唱
毛泽东和开国元勋们　激情地鼓掌　凝望
他们向着欢呼的人们挥手
向着天空挥手　向着太阳挥手

天安门的夜晚　是不眠之夜
焰火　彩光　心花一齐在纵情开放
中南海的夜晚是不平静的夜晚
毛泽东还手不释卷地站在窗前
沉思　遐想　展望新中国的前程

他的心中　有黄河长江的涛声
有泰山黄山的钟鸣　他的眼前有
罗霄山脉的旗帜　还有岳麓山
红叶的血色　他有一种欣慰
更有一种沧桑　苍凉和苍茫

是呵　天下苍生胜似自身性命百倍
脚下坎坷又如踏响尘世乐章
今宵　不如以往无数夜晚
没有多少　语言不能表达的倾诉
没有多少　目光不能望及的牵肠

没有多少　眷恋不能割断的渴望
没有多少　悲壮不能忘却的感伤

毛泽东　人民的领袖　东方的诗人
毛泽东　农民的儿子　大地的儿子
他此刻有泪要飞　有梦要飞
有情要飞　有歌要飞　他心灵
的深处　有太阳在飞　他要
采冬雪之圣洁　抒梅魂之静远
采春暖之温馨　播布谷之欢畅
采夏荷之无尘　塑君子之坦荡
采秋霜之冷峻　挥东篱之天香
万山蜿蜒的幽深峡谷
千野贯通的地泉阡陌
花之血色流溅　草之蓝光闪烁
蹄碎寒雪吟月缺
琴断关山　风雨阑干
神州梦醒　云含第一缕明晖
五谷盈仓　叩响土地胸膛
以书剑为劈道之响雷
以击浪为心志之飞翼
曾在烟雨　风暴　黑暗穿越
去追寻星月　灵肉　魂思　深邃和创造
望宇宙之飞翔　望远古之飞翔
望经典之飞翔　望岁月之飞翔
望海岳之飞翔　望辉焰之飞翔

又想今宵如月悬中天的那把银镰
雄气若鼎般那把铁锤
终于开辟了共和国的天地

那是炎黄子孙一次怎样的浴火涅槃
那是巨龙出海一次怎样的壮丽飞腾

是呵　毛泽东深深地舒了一口气
他用手去轻抹眼角的泪珠
泪光里　他看到了江南塞北的柳荫
泪光里　他看到了父老乡亲的笑容
夜静中　他听到了黄河长江的涛声
夜静中　他听到了雪域高原的雁鸣

毛泽东　放下手中的线装书　他端起了
茶杯　他知道杯中的水比酒浓万倍
他把茶水轻轻地洒在窗台上
祭呵　他心中走来了炎黄尧舜
祭呵　他心中装下了日月星辰
祭呵　他心中涌动着万里江山
祭呵　他心中牵肠着亿万人民
祭呵　紫气绵绵盈满中南海的楼亭
祭呵　彤云雄风正在夜阑复生

33

古老的岁月　终于带着闪电雷霆
春风雨露　为新中国铸造了
一个充满向往和阳光的广场　虽然
创造广场的日子　是那么漫长曲折
一个智慧　勤劳　勇敢的民族
和一代又一代怀着美好渴望
的炎黄子孙　也是在这里洒下呐喊鲜血
甚至生命和灵魂　但天安门广场

和她擎天的华表　还有金水河　红墙
琉璃瓦　都共同伸出充满蓬勃力量的手臂
托起了一个象征祖国尊严的天安门
莫道帝王至高无上　休论帝王天风浩荡
可圆明园被八国联军烧焦的石柱
仍在沉重地告诉我们　中国最后的一个王朝
是怎样在密布着耻辱的阴云之中喘息

我们是龙的传人呵　就应该有龙的
气魄　龙的精神　龙的力量和震天的怒吼
这巨龙的呼啸　在南湖的波浪中孕育
在沧海横流的波澜中扩展
今天　天安门城楼上的太阳
照耀着暗云散尽的天空
解冻了丰厚的土地和蓝色的海洋
条条道路连通了北京
北京的声音传遍了四方
任征途漫漫　任艰难险阻
年轻的祖国呵　正如一艘巍峨的航船
在破浪扬帆起航
要迅速抚平曾经挨打的伤痕
打开曾经被封锁的国门
铺开曾经梦想的蓝图
创造曾经期待的辉煌
凝望　天安门城楼上的太阳
祖国屹立在全中国人民心中

34

那是一个个铺满阳光的窗口

那是一条条吹着春风的公路
那是一座座载着鲜花的桥梁
那是一个个飞翔梦幻的塔楼
那是一片片奔腾热气的工地
那是一片片播种丰收的田野
那是一个个帆飞舟驰的港口
那是一个个威严坚强的哨所

第一个五年计划的蓝图
在亿万人民心上铺展
就像是雨露春风吹拂
吹开了万紫千红的春天
看见了　听到了
大地上　清亮的溪水
流泻着屈原动人的天问和范仲淹的情怀
湖泊边青翠的柳枝挂满了
唐诗宋词还有春江花月夜的乐章
荒山要变成森林
田野要翻卷金浪
高炉要绽放钢花
街市要换上新装

年轻的祖国　人民的母亲
我们要采万缕春光为你编织凤冠
我们要摘万片彩云为你描画容颜
我们要移万座高山为你撑起肩膀
我们要牵万条江河为你添注血液
我们要　我们要自豪地面对
世界　讲述苍凉的过去
诉说辉煌的未来

35

一穷二白　是一张白纸
好写最新最美的文字
好画最新最美的图画
百废待兴　盼望东风
北京已变成春天的故乡
中国第一部现代汉语字典
《新华字典》出版　它标志着
中华民族的大团结　预示着
东方的语言　要走向全世界

是呵　《梁山伯与祝英台》
以其彩色的镜头　绽放了文艺的新葩
根治黄河水患的决策
更搭起了中华史上治理江河的舞台

古代大禹的梦想
在炎黄子孙的手中变成现实
三峡平湖的奇观令神女惊叹
第一辆披着红绸的"解放"汽车
从长春的大街上驶过
"红旗"便在长安街飘扬①
河边　破旧老水车的歌谣
变成了红旗渠的歌声
田头　干瘪的稻穗　变成

---

① 1956年7月13日，长春第一汽车制造厂试制成功解放牌汽车，1958年8月1日制成红旗牌高级轿车。

了丰收田野的无边金浪

刘家峡激荡的银波碧浪
盛满了多少代人的遐想
总盼在它长流的情丝里
抽出一条光的渠道
让白昼无限地延长
这些最新最美的文字
这些最新最美的图画
这些最新最美的音乐

这些最新最美的追赶呵
谁能知道　它竟也给年轻的祖国
带来意想不到的颠簸　抱怨
疼痛　徘徊和心灵的创伤
精神的悲泪乃至天空
也蒙上一层忧愁的阴云

毛泽东的心沉重了起来　他想起了
伽利略的话　果真需要英雄的国家可悲吗
英雄呵　你怎能相信那一亩田
能堆出一座粮山　那一座高炉　一日
能生产千吨钢　那刚刚建好的港口
才冒烟开动的厂房　那是凭热情
建立的公共食堂　哪来的油盐粮食
填满幸福的愿望

英雄呵　你也曾经在矿井里爬行
让乌黑的煤块压弯脊梁　你也曾
在沙滩和河岸拉纤　望驳船

在波浪上坠落摇晃　你也曾
在炮火硝烟中冲锋　知道每一步
前进都会有鲜血流淌
你又怎么会相信　钢铁元帅
轻易升帐　它的手中究竟有多少兵将
你又怎么会重复　人有多大胆
地有多大产　能支撑共产主义的大厦
还有欧洲徘徊的"匈牙利事件"的阴影
和庐山会议上那位出生入死的共和国元帅的箴言
怎么就不能让众多的英雄警醒
思辨　那股股痴心膨胀的风呵
伴随大自然的冰霜
让祖国和人民　遭受无言的创伤①

毛泽东的眼睛又亮了起来
他又想起了自己曾经说过的话
到中流击水　浪遏飞舟　他此刻
要浪遏飞舟呵　要"搞几年慢腾腾"
让飞速前进的航船　一定绕过险滩
暗礁　他知道皑皑珠峰
怎能一步攀登　满天星斗　也会有明有暗
即使是高悬天宇的红日　又怎能企望
没有云影遮挡　梦做深了
要清醒头脑　曲唱多了　也会
累断琴弦　又怎能忘万年
求索　八年抗战　三年倒蒋　那一步
那一程　尽管脚步匆忙　但都

---

① 人民出版社《中华人民共和国大事记》第 134 页载,毛泽东指出:"建设社会主义不能急……不要务虚名而遭灾祸。1960 年,我国有四亿亩农田遭受不同程度灾害,六亿亩农田受旱,有一部分农田失收。"

尽是荆棘乱石　　夜黑风高　　雪压
冰摧

毛泽东的手臂在轻轻扬起
他就要欣然命笔画一些圈圈
这是关系祖国命运人民福祉的
一笔一画呵　　这是他思索良久
用心之智凝成的光焰
一切又重新调整
一切又重新审视
一次又一次的析辨
一个又一个的鉴别
大寨之路的方向更加明确
一份安徽的调查亮起灯光①
万吨水压机也适时诞生
"向雷锋同志学习"更激发了全国人民的壮志豪情
《东方红》史诗又迎来了
朝霞似火②

36

朝霞　　如旗如炬如云
让我们的感情和记忆又走进
那个神奇的世界　　和那段峥嵘岁月
走进那座心中的原子城

---

① 人民出版社《中华人民共和国大事记》第137页载,1961年3月6日,安徽省委根据农民群众的要求,决定实行"定产到田,责任到人"的田间管理办法,得到了广大农民的热烈欢迎。
② 1963年3月5日毛泽东题词"向雷锋同志学习"。1964年10月2日大型音乐舞蹈史诗《东方红》上演。

其实　那蘑菇云的壮美①

远比我们想象的辛酸　痛苦和艰险

其实　那片遥远的土地

远比我们看到的更深沉　冷峻和苍凉

多少热血沸腾的肩膀

多少美丽妩媚的笑容

多少深情眷恋的故土　亲人知己

多少春花秋月的梦幻　思念和割舍

像泉水一样　流着清澈的感情

像荷花一样　绽放明丽的思想

像丝线一样　缝合永远的渴望

像玉石一样　雕刻恒久的忠诚

历尽千辛万苦　地下的岁月

淹没了青春的歌声　梦醒梦破

即使是自己的名字　职务　岗位　抑或是生日

都一齐交给了一份比生命更重的使命

冬去春来　花谢花开

你们在用命运之石　铸造共和国之剑

把居里夫人美好的嘱愿化作了

高天彩虹的纪念　一颗震惊世界的原子弹

就在毛泽东挥手之间　卷起了飞天狂飙

它驱散了西天核云的沉重和恐怖

让东方太阳的光芒更加辉煌灿烂

是的　这是用一个民族的信念　一个国家

---

① 1964年10月16日,我国第一颗原子弹试爆成功。

的尊严　亿万人民的意志　对祖国主权
独立和繁荣的守护　是一座充满期待
和春色　平安与幸运的城市　它拥有光荣
富强　远大和力量　它拥有美丽　博爱
和平和豪迈　它拥有一般城市
不曾有的神秘和惊骇

它拥有天上地下城市不会有的承载和飘渺
就因了这一切　它选择了沙漠戈壁
风霜雪雨和智慧磨难　它选择了
水泥钢筋　泥土石粒和灵魂的光
芒
它才有金银滩给予的所有情爱　向往和歌声
才有了今天和后天　让人们留恋的敬仰和崇高

我要向西海岸的乡亲们致敬
连同这里的每一栋水泥屋　每一株小草
每一只蝴蝶　我要向在这里献出
青春生命的众多无名英雄致敬
连同他们的父母　儿女　妻子　丈夫的每一刻
思念和凝望

原子城　你的城头别着一朵
像蘑菇红云一样璀璨的国花
你的地上耸立着一座顶天的雕柱
你用中华血脉书写的和平宣言
定然会像一页绿色情爱的书签
永远把草原羔羊和阳光的歌声
传遍人间

37

白云黄鹤　烟波长江
迎来了一轮红日　在波浪上
升腾　放射万道光芒　毛泽东畅游
长江　他踏着大风大浪
在江涛上行走　胜似闲庭信步
巨轮飞雁都在眼前飞翔
无数的手臂卷起了欢呼的波浪

毛泽东的心情　凝重中蕴含激奋
深情中泛起冷峻　他又在思索
党和国家　民族和人民的命运呵
南湖的红船又驶进了他心中的航道
他是舵手　他手中的方向盘
正在慢慢旋转

县委书记的好榜样　焦裕禄积劳而别
让他垂泪　那一片风沙　内涝严重的盐碱地
让他夜不能眠　更有那地球上的风云变幻
和北京　天安门　中南海的杯弓蛇影
让他心绪如麻　欲割还乱　他是感怀无奈
抑或是从容碰撞　一张《炮打司令部》的大字报①
唤起了成千上万的红卫兵　掀起了中国文化大革命的
　滔天巨浪

一切都呈现出困惑　茫然　但它爆发出亢奋

---

① 1966年8月5日，毛泽东写了《炮打司令部——我的一张大字报》文章。

和激扬　红色的旗帜　红色的袖章　红色的串联
红色的语言　红色的誓言　红色的海洋在激荡
奔突　冲击也在洗礼　煎熬　呼唤　深刻
冷静　自觉和灵魂的守望

大风大浪真的来了　夹着大西北氢弹爆炸
成功的轰鸣　也夹着百万知识青年上山下乡
的豪迈　更夹着苏联军队入侵珍宝岛的炮火
还有中国第一颗人造地球卫星
在九霄传来的激昂　毛泽东还能
得宽余么　他丝毫没有
他要把握这千万大军的走向　他还要关注世界
风云　他又私下对斯诺说　如果尼克松
来中国　我愿意和他谈①

毛泽东呵　你是上帝也是神
你总是这样举重若轻　海岳在胸
你总是"三十功名尘与土　八千里路云和月"
小小寰球　西风落叶　飞鸣镝
我一个诗歌作者　怎能想明白
你的这一切　我只有从这一切里
去寻找你心中的凉和热

38

小球要转动大球　毛泽东握着乒乓球拍
在漫步式地抽杀　那旋转飞驰的

---

① 1970年12月18日,毛泽东会见斯诺,表达了愿意与尼克松谈中美关系的愿望。

小球竟摇动了美国联合国总部的旗杆①
那面旗帜降下来了　五星红旗升上了天空
在联合国的舞台上　乔冠华的经典微笑
闪耀着东方太阳的温馨光芒

世界在急剧变化　中国在巍然挺起
尽管古老的大地　红色的浪涛
仍在汹涌　人们的心头塞满了
犹疑和忧虑　也浮现着混沌
和动乱的心之泪心之血
和心之悲在交织中流淌
但对旗帜和太阳的
崇拜和赤诚是任何力量也
不能改变

毛泽东的脚步　明显地放慢
他站在中南海的书房里　透过下午
窗外的阳光　看见了盛开的牡丹
他默默地说　要谈哲学
好一个尼克松　你是说读了我的
讲话　文章　诗歌
但你没有读懂我的乒乓球②

尼克松快步从"七六年精神号"的舷梯上
走下来　他伸出手　眼睛直盯着
笑容可掬的周恩来　两国之手相握了
尼克松在轻声说　一个时代结束了

---

① 1971年10月25日,第26届联合国大会以压倒多数通过第2758号决议,恢复中华人民共和国在联合国的一切合法权利。
② 1972年2月21日下午2时40分,毛泽东在中南海书房会见了尼克松。

另一个时代又开始了

尼克松兴奋地面对毛泽东说
我们在一起可以改变世界
毛泽东未置可否　只是轻轻地摆手
也许尼克松看明白了　那是毛泽东
打乒乓球时的动作　这个时代
毛泽东要自己开创

在《美丽的亚美尼亚》优美旋律里
周恩来扬了扬手中的《中美联合公报》
当尼克松又一次向他伸出手时
这回周恩来有一些激动
你的手伸过世界上最辽阔的海洋
我们二十五年没有交往呵

二十五年坚冰打破　冰河解冻
二十五年沧海桑田　斗转星移
有多少事从来急　有多少事来日方长
访华一周　改变世界的一周
毛泽东手指夹着的烟头　烟雾已经
散尽　窗外又是一片明丽

39

翠亨村诞生的太阳
沐浴着稼穑的泥土香
放射出拯救百姓于水深火热的光芒
他用真理和热血之箭射落了中国
封建王朝的最后一顶皇冠

又用自己致力了四十年国民革命的血火
体验　最后发出了　革命尚未成功
同志仍须努力的呼唤　他在
弥留之际　心中呼喊的仍然是
"和平……奋斗……救中国"①
他的生命的太阳虽然熄灭
但他的灵魂和精神的火炬
会永远在后代心中闪耀
他起"共和"而终"帝制"的创举
会历载千秋　万古流芳

他又来了　戴着洞察世界的眼镜
两眼如澄澈的湖水　映射着天空的阳光
他深深懂得孙中山　深深地崇敬孙中山
他泼墨　挥毫　书写心中的万千
先生砥柱于革命中流　扬民族大义
决将再造乾坤……
他也和先生一样　要为人间留正气
敢步先生后尘写丹青②

他面对凶残的刽子手　慷慨激昂
"不能因为反动派今天绞死了我
就绞死了伟大的共产主义
共产主义在中国必然得到光辉的胜利"
这就是他　李大钊　一个共产党人的凛然正气
和肝胆情怀　他的思想光辉　犹如

---

① 1925年3月12日,孙中山在北京协和医院病逝,享年59岁。他的国事遗言是:"和平……奋斗……救中国。"
② 1927年4月28日,北洋政府不顾社会舆论的强烈反对和谴责,将李大钊等20位革命者绞杀在西交民巷京师看守所内。

革命的种子　撒播在中国大地　撒播
在革命的洪流中　他的"牺牲是成功的代价
高尚的生活常在壮烈'牺牲中'"的崇高精神境界
也似灯塔　照耀着迷茫中的跋涉者
照耀着前进中的勇士和英雄

他也走了　他从奉化走出来
他还抱着《圣经》也带着《象》曰
"不终日贞吉　中正也"之古典①
在宝岛之北匆匆而别　他有太多的
遗恨　悲怆和懊悔　甚至不解之谜②
历史曾选择了他　但他背叛了选择他的历史
这就是命运
命运有时会捉弄人
哪怕你曾经是千军万马的统帅
哪怕你想自己是不落的太阳

他终于也走了　他走得壮丽和凄然
他走的月份　曾在他生命的旅程
有过重大的转折　那是 1927 年 9 月
秋收起义　毛泽东果断挥师罗霄山脉
开创了农村包围城市的战略转折
这是 1976 年的 9 月 9 日　他毅然而去
他是要回到韶山　井冈山　遵义　延安
西柏坡　还是诞生他诗歌的故地
去与寻常百姓交谈　畅想　关于
哲学　世界和平　中国未来

---

① 蒋介石之名"中正"和字"介石"典出《周易》之豫卦,"六二:介于石,不终日,贞吉。《象》曰:'不终日贞吉',以中正也。"
② 1975 年 4 月 5 日蒋介石在台北病故。

他　毛泽东　中国人民心中的太阳
他的走　只是形影的离去　他的
灵魂　思想　品格　才华　意志　情感
仍在中国人民心中飞翔
鲜活地放射光辉和温暖

他是中国人民永远的信仰火炬
永远的理想旗帜　永远的意志
丰碑　永远的向往辉煌
他的至高至尊　如阳光灿烂
永远蔼蔼抚四方　如明月皎皎
永远赫赫出尘冥

读他的《二十四史》批注
我们会获得人生最宝贵的精神财富
品他的诗歌　书法　我们会领略
大自然与艺术境界的精彩　奇妙
回望他带我们走过的万水千山
我们的心如焚　情如丝
悲痛难抑　思念难断　感恩悠长
是你从小就怀着改造中国与世界的志向
是你用政治家的深邃
思考祖国和人类命运　总是站在历史的前头
急切地催促自己
快马加鞭不下鞍　其实你也是
和中国的平民百姓一样　有自己的童年
少年　青年和中年　也有自己的冷暖
和快乐　我们知道苏联的演变
"文革"的烈火　林彪的折戟沉沙

还有许多　许多　令你苦恼和
震怒　忧患和牵魂
你的沉重　你的负荷　你的远见
你的锐思　把你的最丰厚
最壮丽　最辉煌的岁月叠印出
无穷的变幻　让你的辉煌　沉
重得放射不出最后灿烂的光芒
我知道　我们都是你的儿女
你是我们心中最仁慈最伟大
最富有如海洋般的父亲
毛岸英在朝鲜牺牲
你忍着巨大悲痛劝儿媳
登高壮观天地间
大江茫茫去不还……

你　曾经和当时有多少
心之悲痛　心之苍凉　心之
苦闷　心之惆怅
谁能走近你　谁能真正关爱你
又是谁在惊扰你　还在暗里诅咒你
欲问天　欲问地　欲问南来的风
北归的燕　欲问那娇杨玉柳
欲问那津渡的月　楼台的雾

呵　民族多难　祖国多难
中国　曾走着一条怎样的艰难烽火之路
你洞察到了自己晚年继续革命的闪失
你也想再一次挽住苍茫大地主沉浮
上帝没有再给你时间
上帝也有薄情的时候

你没有犹豫　就像你当年领导
红军长征　义无反顾飘然而去

飘然而去呵
高天大地一齐哭泣
雄伟的天安门披上了怀念的纱巾
飘然而去呵
全国人民万分悲痛
全世界也在向你静默致敬
飘然而去呵
我们在凝望天空的太阳
太阳的光芒依然灿烂温暖
呵　那是你永远的笑容
和悠长的思想……

站在历史的走廊上　我们很难
从颜色来识别来描画它的古老
深沉悲壮和绚丽辉煌
就会有那么一个不曾
预料的瞬间　历史却被自己
颠倒　颠倒得使自己悲痛
裂肝

瞿秋白就这样说过　人爱自己的历史
好比鸟爱自己的翅膀　请勿撕破我的翅膀
是呵　从遥远走来的历史　也告诉我们
别人撕破你的翅膀很难　可是
悲剧就在于自己撕破了
自己的翅膀

就是从真理化为日出　光芒初升的
那条大江　就是从红船像一道闪电
划破黑暗起航的那座城市　毛泽东
三十八年后的夏天他来到这里　心情不比当时
沉重　却比当时复杂纷乱　抑或
还有些许惆怅与不安①

他没有重返江岸　去探望
曾经拥抱他青春和豪气的涌浪
他没有重回法租界的那栋小楼　去抚摸
曾经温暖他信仰和意志的座椅
他没有重登那条航船　去感触
曾经壮阔而忧伤的海浪是怎样在他心中奔腾

历史给他的近似佛光和神化的崇拜已经千百
次地在神州大地席卷　人们对繁荣
兴旺　美好和荣耀的渴望　让整个民族
的神经都沸腾着难以抑制的激奋　这也是一盅酒
一盅芬芳四溢和壮歌飞扬的酒　一盅用理想和浪漫
用情绪和力量酿制的酒呵　会使多少人清醒
多少人沉醉

毛泽东不太喜欢喝酒　但他也高举着酒杯
在祝福年轻的国家　伟大的中华民族和辉煌
的天安门　他心中装着人民　他深爱人民　他信任人民
他不止一次高呼人民万岁　他的毕生精力和全部智慧
都在付之于人民　他的诗词　他的书法　他的情怀

---

① 1959年4月2日至5日,毛泽东在上海主持召开了"八届七中全会"。会议主要是确认第二次郑州会议和第一次上海会议的基本内容,提出了纠"左"的一些工作方针,但前提仍然是肯定总路线、大跃进、人民公社。

他的忧乐全都来自人民　　我们知道历史的关头
他的沉稳　他的坚定　他的自觉　他的担当
就因为他的身前身后站着人民

现在他需要面对人民的是新中国航船前行中遇到的艰难
和风浪　太阳照耀的天空出现的阴霾和雾障
他是舵手　他是领航人　他的手中的罗盘
装着一个伟大的国家和亿万万人民
他就在这座城市的某个会议室　又一次点燃手中的
香烟　他在梳理自己的历史思辨　哲学逻辑和现实
设计　他在感伤自己的领袖责任　对"膨胀空气"和
　"狂热"
的放纵①他在寻找自己解决的途径　很想
亲自触摸历史长河和神州江河的
脉动　浪涌　潜流　峡谷　旋涡　涛声
我要做点调查研究　才能交账
毛泽东要游黄河　长江　黄河也许不知道　长江也
许不知道　我想　黄河肯定盼望呵　长江肯
定盼望过　因为黄河　长江知道　毛泽东是诗人
诗人与黄河　长江都有情结　李白吟过
黄河之水天上来　奔流到海不复回
毛泽东也吟过　九曲黄河第一弯　长河落日此处圆

可惜呵　遗憾呵　毛泽东终因世界历史的变故
北部湾事件的突发　他没有能去游黄河　骑马走
江海　他没有能像在老家一样
去接触农民　工人　知识分子和教师　没有能像在

---

① 毛泽东曾把高指标浮夸风、强迫命令喻为"膨胀的空气要压一压,把那种过度的狂热冷却一点。"

· 90 ·

长征途中一样走近战士　伤员　草地　沼泽和雪峰
没有能像在延安一样　光着头在街上走
一边和农民交谈　一边还认真地做手势　没有
能像当年与黄炎培在窑洞亲切对话　纵论如何治天下
"他没有能够心平气静再听鞍马同赴
浴血沙场的大将军抱怨一回　谷撒地　禾叶枯
青壮炼钢去　收禾童与姑　来年日子怎么过
他更没有能够　坦荡面对国际风云
家国烟雨　他的心真正已经很苦很累
很郁闷　他需要舒展自己的胸怀　他从来
就是自信人生二百年　会当击水三千里
黄河没有游成　可他却下决心要游长江"①

那一天　白云黄鹤的故乡
唯见长江天际流　迎来了一轮红日
在江面上冉冉升起　他挥手之间
便放射万道光芒　他是思想者　哲学家
诗人　他要发出新的召唤　到大江大海中去
游泳　经风浪　见世面　他要把长征的
接力棒　交给后人　交给他的人民　交给他
为此付出了一切的新中国　他披着洁白色的
浴袍　坐在江边欣赏大江与生命的
拥抱　太阳与波浪的拥抱　他仍在
品味高峡出平湖　神女当惊
世界殊的奇妙幻境　他仍在
感怀子在川上曰　逝者如斯夫
万里长江横渡　胜似闲庭信步的悠然和豪放

---

① 摘自《新华文摘》2010年第15期第68页《假如毛泽东去骑马》。1964年8月5日,北部湾事件突发,美国入侵越南。毛泽东次日就遗憾地说:"要打仗了,我的行动要重新考虑,黄河这次我去不成了。"

悠然　豪放　幻境　远望
真不知道　他是否想到　就这长江一游
在古老的神州激起了怎样的狂澜
就这长江一游呵
中国的历史又拉开了怎样惨烈的一幕
整个中国也变成了长江　变成了红色的海洋
毛泽东又重穿军装　站在天安门城楼上　他的每一次
　挥手
每一次讲话　每一次圈阅　每一次决断
都让九百多万平方公里的大地在激烈震荡
多少开国元勋　疆场将帅
多少国家精英　中坚栋梁
含泪向月　抱沙饮恨
凝望北斗　矢志不移
多少工厂学校　田野绿原
多少城郭巷口　钻塔工地
心在呜咽　花在凋落
风卷红旗　呐喊震天
一如狂潮卷起
一如雪花铺地
一如红云蔽日
一如沉雷无声

毛泽东真正震惊了　他毕竟
熟读过历史　经典与世界　他最相信
从来没有救世主　是奴隶创造历史
他最眷恋桃花源里可耕田　芙蓉国里尽朝晖
他最伤情　我失娇杨君失柳　挥手从兹去
更那堪凄然相向　毛泽东呵　人民的儿子

此时此势　你可真想过　后悔自己就
没有能游一回黄河

黄河会给你时间　空间更广阔的思考
黄河会给你悠远　空灵更凌云的凝望
黄河会给你深邃　厚重更冷峻的辨析呵
黄河会让你感到信步的庄严和沉重　击水的
昂扬和悲壮　也许　然而历史的选择没有
也许　因之　你曾经梦想的黄河　长江之游的结局
便铸成了一段共和国和民族的不幸命运

黄河　长江呵　你是永远见证历史的老人
你也是历史天空永远若明若暗的光河
你生命的旗帜就是百折不回　永远破浪向前
你不相信赞美和盲目的力量
你始终钟情脚下的土地　泥沙　那永恒的
自觉　诚实　慷慨和清淡

毛泽东睡了　我知道他仍然枕着黄河长江的涛声进
　入梦乡
他浓眉凝注　脸色安详　他又在做梦　他梦中的大
　雨落幽燕
他梦中的秦皇岛外打鱼船　他梦中的
热风吹雨洒江天　他梦中的春风杨柳
万千条　他梦中的九嶷山上
白云飞　帝子乘风下翠微呵

第五章 春潮澎湃

　　大自然和人类这样告诉现在和未来,春天到来之前,总是会有飘飞的雪花、凛冽的寒风,树的憔悴和花的凋零。这年秋天,北京破天荒地吹拂着习习春风,要给整个神州大地送来万紫千红。于是安徽凤阳的花鼓和南海的波涛一起放声歌唱春天的消息。

40

　　1977年获诺贝尔文学奖的西班牙诗人阿莱克桑德雷·梅洛在他的《我的最佳诗作》序言中这样激动与真诚地告诉世人:诗歌的唯一秘密在于交流,诗歌是被交流的一种深刻真理。我真的第一次被诗人唤醒,真的第一次才懂得原来这就是诗人的真正使命。

　　　　怪不得一次在首都工人体育场诗歌朗诵会上
　　　　当听到"阳光　谁也不能垄断"的诗句时
　　　　全场陡然爆发出雷鸣般的掌声
　　　　这是苏醒的大地春天的脚步声
　　　　这是飞翔的翅膀搏击巨风的声音
　　　　这是前行的航船劈波斩浪的声音

　　　　我是你高山上的冰雪　我要融化

我是你河边的水车　我要歌唱
我是你前额的原野　我要泛绿
我是你胸前的花朵　我要开放
我是你脑海的思想　我要解冻
我是你心中的梦想　我要飞腾

我们一直在思　在想　在等　在盼
我们在英雄纪念碑前望星斗　在华表边
听金水桥下流水响　问天安门
城楼的灯笼　这些被迷茫锁住的春光
何时才能冲破禁锢的栏杆
在祖国的怀抱如鲜花怒放

我们笑过　喊过　我们没有消沉　失望
我们知道佩着青铜剑的勇士　最懂穿越历史
烽烟的豪迈　在峰巅盛开的雪莲
最知太阳的温暖　当党的十一届三中全会光芒
拨开厚重的云层　无数把金色的钥匙
同时打开了九百六十万平方公里的迷障

太阳出来了　光芒万丈　太阳升起在天空
太阳栖息在亿万人民心上　矿石和煤
在高喊　我要燃烧　土地和森林在高喊
山村和城市在高喊　小路和小草在高喊
一颗一颗燃烧的心在高喊
我们要永远拥抱用鲜血和生命换回的太阳

41

他握着我的手　我的心跳

很快　我真不知道该怎样说话
这是个让我终身难忘的时刻
他的微笑成了我铭心的忆念

这是1988年11月22日上午
在湖南省委九所六号楼前的青草坪里
我有幸和老乡发生了零距离的对话
他个儿矮小　可眼光是
异常的明亮　爽朗　洒脱　亲切
的举止　宛如春风穿越过我的心头

他身穿深红色开领羊毛衫
很像一团火　更像一个慈祥的父亲
在小楼的会议室里　海阔天空
从古到今　从国内到国外
痛快淋漓　开心畅意地
与我们交谈　仿佛整个世界
都在他心中蠕动　仿佛此刻
的时空　便是他思想的河流

他突然语速变得缓慢
表情显得有些许深沉和忧伤
他谈到民主和法制建设　谈到
群众路线和实事求是……
离开民主离开监督就容易产生官僚主义
离开法制　社会安定就得不到保障
离开群众就一事无成
忘了群众　还搞什么社会主义
坚持实事求是就是坚持一切
从实际出发……

你们年轻人　要好好学习
多为老百姓办事呀　"老百姓"这三个字
我知道它在他心中的分量　"老百姓"这三个字
我知道它深刻的内涵　"老百姓"这三个字
我知道它是怎样牵动这位人民领袖的情肠
"老百姓"呀　这三个字在他生命的每一步回响

他不无感慨而又真诚地对我说
"三中全会"以来　我是冒险做了三件事
一是发出农业改革的两个决定
二是解放一大批老干部
三是实现党的工作中心转移
做了这三件事　我心里踏实呵
我知道这是党和人民的重托
我没有去多考虑个人会怎样

这就是胡耀邦　从浏阳偏僻山村
走向红色征途　走过万水千山
历尽了生命艰险　从不彷徨　从不消沉
只知求索　只知坦荡　只知奋进的胡耀邦

就是这个令我崇敬的老乡　他问我是否读过
丘吉尔　罗斯福　他感叹谭嗣同
敢以牺牲自己血肉之躯
启迪后人的改革情怀　他动情地
背吟　我自横刀向天笑
去留肝胆两昆仑　昆仑啊昆仑
我仿佛自己的眼前　就有一座高山
巍峨耸立

江南多雨　次年的四月江南
很伤心　伤心的天空飘洒着烟雨
覆盖着脉脉苍山　片片田野
覆盖着哭泣的心和枝头的新绿

四月是孕育金色收获的季节
四月是鲜花开放的时光
四月是春天铺展云霞般梦想的长廊
四月是莺歌燕舞亲吻暖日和风的天空

他的生命年轮　刚刚跨入七十三个春天的门槛
翠竹银泉　丹花紫树　明霞亮雨
本该更壮丽地装点你金色的黄昏
让你在皎洁的月光下沉思散步
去探讨国家和民族振兴的大事
去抚慰老百姓那一个个美好的期盼

可你却突然走了　走得那样匆忙
走得那样平静　走得那样坦荡
你走了　大西北你植的树
正吐出一片青翠　故乡你走过的山峦
映山红在流出殷红的泪花　你走了
这些日子　亿万颗心都在极度悲伤

响雷在天边滚动
闪电挂满青藤
悲哀暴发了洪水
白雾扯起了挽幛
是在洗礼生命的辉煌

是在为你书写一部常青诗章

一个老百姓永远怀念的人
一个心中时刻装着老百姓的人
一个用思想　情感和意志敲醒世界的人
一个用光明崇高和智慧打开国门的人
一个拥有平凡　朴素　坚定和大公的人
一个永远眷恋和挚爱蕴藏无限希望的伟大祖国
　的人呵

42

他走来了
日丽,风轻
绿海岸金沙滩
为他弹奏着生命的乐章
为他铺展壮丽的航程

他迈着从容的步子
海浪欢呼着簇拥着
奔上海滩堆起千层银白
远天浮起的墨绿岛屿
凝固成一艘艘远航的巨舰
在太阳下列队待命
老人朗然微笑
在他挥起手臂之际
有无数的海鸥掠过海面
奋飞着去追逐长天雄风
老人渐渐舒展眉宇
让回忆的流云布满天空

他曾经多次漂洋过海
他曾经多次在船头沉吟
他在海浪上思考祖国的命运
他在海浪上遥望世纪的光明
他对海有特殊的爱
他对海有圣洁的情
他自己就是大海啊
时刻在祖国人民心中奔腾

他曾笑对狂风雷电
用意志的利剑劈出朗朗乾坤
他曾用海的语言
裹着澎湃的气势对那位夫人说
"主权问题是不能够谈判的"
夫人的脸色变得苍白
她感触到大海的壮阔和雄劲
她感受到了大海的威严和坚定
她眼前浮现的不再是
北洋水师沉没的舰影和
圆明园断残的石雕柱子
她听到的只是虎门海滩上
升起的浓烟里传出的林则徐击节的豪壮笑声
她的手在颤抖，脚在颤抖
她失去了往日的高贵和尊严
眼光顿时变得暗淡和散乱

他仍在海边漫步
他不时对海沉思
我们跟着他向前走去
望着老人慈祥的目光

就像望见了一轮圣洁的月亮
眼前泛起一片春天的原野
我们握住了老人温暖的手
就像拥抱着一条浩荡的长江
整个世界涌动着无穷的力量
我们靠近了老人有力的臂膀
就像依偎着巍峨长城
去憧憬 21 世纪的绚丽风光
阳光下大海在扬臂歌唱
大海沸腾着眷恋和梦想
他没有离去
他只是暂时离开海边
去海滨的休息室点燃一支烟
拿起一张桥牌
他要告诉世界
太阳西沉不是一种否定

面对汹涌澎湃的波浪
面对浮在海浪上的太阳
面对遥远无际的蔚蓝
面对乘风远航的风帆
我们看到了生命的壮丽
领略了搏击风浪的辉煌

不要说我们只是一滴水珠
我们拥有无限蓬勃的力量
谁说梦幻的世界在天堂
踏浪出征才是真正的悲壮

这是我们心灵的共同感悟和感情的理性升华

我们也懂得大自然的慷慨才是真正的灿烂
一片绿叶可以展示春天
一声鸟鸣可以看到森林的浩瀚
我们也知道人生的选择可以有多种
但圣洁的追求不许有任何的奢望

我们最珍惜海浪里的沙粒
它比金子还有分量
任万顷碧波流逝
任岁月纷繁沧桑
任海鸥天空振翅
任海花在水底开放

只要恪守自己的使命
创造和崇高就同样属于生命的时光
我要面对大海唱一首豪迈的壮歌
告诉世人拥有获取和荣耀
比起奔腾的大海
才真正渺小　轻妄

面对大海
就是面对新的长征
面对波浪
就是面对新的挑战
今天我们踏着春天故事的旋律出发
明天必定收获无限憧憬和渴望

43

山谷,曾牵着一条枯萎的小溪

绕过荒凉的山洼
它叹息地望着黄色的土地
眼泪浸湿了河岸的苦菜花

春去夏来，老牛驮回太阳
送走晚霞
弯月镰在柳梢闪耀
影子爬上了溪畔的庄稼

山溪终于涨起了满河春水
泼出了一幅崭新的图画
彩色的雨，笼住了希望的土地
彩色的阳光，照进了山洼人家

门前，花如云霞泛异彩
屋后，橘似红灯枝头挂
玻璃窗上蝴蝶飞
牵牛花攀上墙头吹喇叭

我心上流过彩色的河流
眼前飞溅着彩色的浪花
在这彩色的月夜
有一曲"小康夜曲"正拨响姑娘心灵的琵琶

那是安徽凤阳的一个小村
曾经花鼓也没有带来欢乐的小村
此刻　一盘金月悄悄地爬上枝头
她在凝望　这些充满希望的眼睛
桌上　绽开了庄稼人的心花
一张张土地承包合同书

正在呼唤飘香的金秋
乡亲握着自己的印章
双手激动得颤抖

一颗火热的心
飞出了窗口
像是一颗幸福的花籽
播进了飘香的泥土——
在沁甜的蔗林
在滴翠的田畴
在开花的果园
在荡漾的渔舟……

飘香的泥土
孕育金色的丰收
那颗颗彩色的心哟
有花在放　有蜜在流

那翻动的金色的波浪
腾起一片黄澄澄的希望
那摆动的沉甸甸的稻穗
撒下一串串丰收的歌唱

打谷机在阳光下转动
去收割一个个灿烂的日子
满担满担的欢乐
挑在种田人的肩上

于是，美丽的清晨
年轻人从田野挑回枕边香甜的梦

在晚霞如火的黄昏
老汉从箩筐内捧出浓郁的米酒

有太多的追求　太多的期望
都在田野的金色里孕育成长
月光下　打谷机还在旋转　呼唤
那个永远蓬勃的秋季
那轮已经成熟的太阳

夕阳像一个火球
从西山巅缓缓滚下
晚霞像一片杜鹃花
挂在流翠的枝丫

山村的球场是一个蓝色的湖泊
翠竹编织成绿色的堤坝
这里盛满了山村青春的活力
傍晚，激烈的球战震动了山洼

球在空中飞
汗在场上洒
那是一支欢乐的歌
在重重山峦飘洒……

归巢的鸟儿站在枝头伴唱
牧羊的娃娃激动得把手拍
只有那腼腆的姑娘
眼睛盯着他汗透的白褂

他投中了一个球

她心上开了一朵花
昔日的忧愁被扔进了流去的山泉
新生活的鼓点响彻山里人家

飞舞的球在空中画出多少无形的弧线
它拉着颗颗幸福的心跨上了飞翔的马
梦想正从这里向高天飞去
金色的希望融进了天边云霞

44

渔村矮小土屋的影子
和海滩上沉重的脚印
早在一个雨后初晴的中午
就化入滨海大道的森林
凌空耸起的摩天高楼
向白云挥动手臂唤来漫天彩霞
激动地铺满渴望的大地
大海的琴声随着浪涌飘远
高速公路编织出时代的五线谱
每一个音符都浸着阳光的灿烂
破浪前进的风帆
飞速旋转的车轮
晴空下雄伟的钢铁吊塔
释放出无穷的热力
在与现代化握手
我走在深圳故事的春潮里
尽情朗读在花之海　绿之海
光之海和梦之海上
诞生的壮丽诗歌

历史的转折　在这里筑起了
一个坚如磐石的支点
勇士们的披荆斩棘　在太平洋西岸
杀出了一条"血路"　没有硝烟
的新长征　同样布满风险
坎坷　没有血火的攻坚
同样要流泪流汗　甚至流血
这就是东风唤醒大地的春潮
这就是中国"经济特区"所
包藏的真正含义

深圳的莲花山　停留着
老人对山下那片热土　对
神州辽阔的大地　久已储存
在心中的深情期待
从深圳　珠海　到汕头
厦门　从股票市场　又到
开发浦东　开放浦东
从时间就是金钱　效率就是生命
到深圳速度　尊重知识和创造
从搞快一点　到新的起点
从沧桑巨变　到科学发展
从一条街道的边陲小镇　到充满现代气息的海滨
　　大都市
有多少震撼世界的奇迹
有多少吸引全球目光的亮丽
中国　古老的神州大地
卷起了改革开放的时代洪流
掀开了中华精神和

财富涌流的闸门
融入了五千年文明的沸腾血液
推动着中国历史巨轮破浪直前

45

遇上难得的清凉阴天
夏日的太阳躲在云层里歇息
我在故城的土砖街道上行走
两肩扛着远古的土墙木檐
步履渐渐变得沉重悲怆
沙石夹着鼓号在地底回旋

我看见半边月轮挂在城阁上闪烁
老树下的落叶风卷着向交河飘去
随着飘远的还有窗口红粉佳人的哭泣
羌管吹出的无尽愁叹
战场上铁马的啸叫和满目昏暗的烽烟

是残留的洞室，地下半塌的通道
坚硬的黄土城根
壁上深凿出的土眼和干涸的古井
都仿佛在向我们诉说
车师人的兴衰荣枯　魂断影离

历史永远不会停止前行的步伐
天风天雨也无时不在把岁月的征尘洗刷
面对故城冷静地深思
眼前的世界又古老又神奇
这仍可辨认出朦胧形象的生土建筑城堡

在告诉我们今天的祖国西部
正在雕刻一片灿烂的天地

曾经望着茫茫戈壁厚重的土地
没有一片绿色没有一缕清凉
人们梦中也在呼唤玉米　西瓜　葡萄和石榴
他们就这样大声地喊着
第二天站在低矮的土屋前
看到的还是一片荒漠的忧怨

就在那年春天　就在那个朝霞绚烂的早晨
也不知道是谁在呼风唤雨
让这片生长失望和贫穷的土地
睁开了无数瞭望苍穹的眼睛
也许奔驰的骏马踩断过大地凝望蓝天的目光
也许地底深处的泥沙曾掩埋过播种人的理想
可"米拉伯"的出现却用诚实的锄头
带头挖出了遍地金银
从此　坎儿井最早牵起高山和平原握手

无尽的清流化作绿色丝绒
牛背上的民族用它绣出了歌唱的绿洲
今天　我端一碗从坎儿井里盛满的清泉
将它作酒泼向阳光铺满的大地
我看见眼前辽阔西部的天边
正奔涌着万顷金色的波涛

一片沙石的海洋一片凝固的荒原
自从驼铃洒下一路生命的坚毅
胡杨　沙枣　扁桃　盐豆木

便一齐在苦涩的风里唱着湿润的歌

太阳不再残忍地烘烤岁月
地底蕴藏的情感也从坎儿井里流向了沙漠
都在倾听从遥远传来的号角声
天空的朝霞举起了开发大西北的旗帜

46

有水　　便有了空气和生灵
有水　　便有了人类和历史
水孕育了美丽神奇的大自然
水书写着历史的沧桑和壮丽
不知道什么时候
水也在摧残自然，危及人类
便有了大禹治水的传说
便有了"五害之属，水为最大"的记载和忧怨

曾经生长诗歌的湖泊
曾经鸣响鼓角的江城
曾经托着舟楫远去的海河
便在尘封的史册里
留下无数的泪痕和叹息

历史竟是如此地严肃　　冷峻
当一次又一次凶猛的洪水
在共和国新生的土地上肆虐
警醒人们要反思现实对于水土和森林的过失
这些年　局部发生的水患
沉重地向世人宣告

这洪水是一百年一遇,二百年一遇
1998年长江　嫩江　松花江
又疯狂地卷起黄褐色的浊浪
把"超历史最高水位"的警钟敲响
每一个字都如一股黑色风暴
咆哮着去吞没绿色的田野
和辉煌的城郭
锦绣江南鱼米之乡的朝霞
雄伟油都井塔上的白云
黄鹤故园的月光
冰城美丽的黄昏
都蒙上了痛苦的阴影
"万分危急"的呼唤揪碎亿万人心

该用什么样的堤坝
该用什么样的长城
该用什么样的智慧
该用什么样的意志
才能抵挡这凶残的洪魔
给历史谱写一曲抗天的壮歌

惨淡的月光
裹着燥热的夜风
在梳理查险队员蓬乱的头发
往日枕着波浪入梦的水兵
脸上总挂着深深的焦虑
一阵风紧　一阵浪啸
都可能冲塌一个堤垸
让善良的百姓失去用血汗建造的家园

乡亲们奔上了堤坝
用身体垒起了不倒的长城
一次又一次扑倒
一次又一次站起
泪眼望着家园在洪水中摇晃
坚毅的生命依然在大堤上挺立

一杆杆军旗在江风里呼啸
威武的铁军涌上千里江堤
当年饮马长江的将军回来了
饱经风霜的前额布满坚定
虽然没有战火硝烟
这也是一场生与死的决战
虽然不用刺刀大炮
却同样需要黄继光的勇敢
和董存瑞的信念
"堤在人在,严防死守"
"人民生命重于泰山"
"祖国利益高于一切"
"誓与大堤共存亡"
这就是新时代军人的豪迈绝唱
这就是中华民族的钢铁脊梁
这就是人民军队的神圣使命
这就是撼天动地的英雄正气

世界上还有什么险关不能闯过
世界上还有什么坎坷不能踏平
中华民族是不可战胜的
既敢面对人类的挑战
更能面对洪水的抗争

江南水乡的清清涟漪
曾滋润她美妙的歌声
她快临产了
当兵的丈夫回到了身边
相偎着凝望窗台上的鲜花
心里升腾着灿烂的向往
和回忆的温馨
突然的命令
丈夫抗洪下洞庭
从此　危险堤段留下他冲锋的身影
一天　又一天
他在风雨中远望家乡那扇窗门
他在为妻子的平安祈祷
以一个军人的铁骨琴心

妻子抱着婴儿来到了堵口险堤
瞬时周围筑起一道绿色长城
他吻着妻子怀里的儿子
仿佛在吻自己的灵魂
记者感动地问军嫂
此时你要对丈夫说什么
什么都想说
什么都不说
最后妻子对着怀中的儿子说
"长大了,学你父亲
做个好军人"

彩色的长条塑料布
装满沙石的白色编织袋

筑一道红白蓝的长虹
坚挺地迎战排空的浪涛
一次洪峰
又一次洪峰
坚固的大堤岿然不动
三次洪峰
四次洪峰
洪水漫上堤坝
洪水又退下堤坝
每一秒钟都是如此惊心动魄
每一次浪击都潜伏着危险重重

从天上　从地上
从四面八方　伸过来
充满力量的手臂
流淌着沸腾的热血
和坦诚的真爱
源源不断的物资正送往灾区
这里　岂止是千里长堤
分明是神州的座座山脉
已加入你的行列
这里　岂止是数百万军民奋战
分明有亿万人民和你们站在一起
北京中南海的灯光彻夜通明
人民的领袖正在运筹帷幄
决胜于千里之外
"团结奋战，坚持到底"
一个伟大的声音从洪湖大堤上传来
压倒千层狂浪
震撼大江南北

漫道是五次　　六次　　七次洪峰
我们才是任何力量和洪涛
撼不动　　摧不倒的触天高峰

于是　　我们要冷静地讲述
一个瘦弱的老汉
驾驶一条小船救护二百多村民的故事
而唯独把当村委主任的儿子丢下
一个士兵在昏迷三个小时后
还说要重返前线扛沙包
而根本不知道自己正躺在病床上
一个叫高建成的指导员
把救生衣让给战士
却用自己的生命去面对死亡的残忍
这就是中华之魂　　民族之魂
军之魂　　民之魂
我们敢负责地对历史和未来说
这场对祖国和人民的严酷考验
是我们奔向新世纪的无穷伟力

一个年轻的军士长
一位优秀的部队新闻报道员
青山绿水　　阳光雨露
岁月风雨　　时代沧桑
雷霆　　闪电　　洪波　　泥石流
军旗　　钢枪　　采访本　　摄像机
雕塑了他的理想
浇铸了他的意志
纯洁了他的灵魂
丰富了他的歌唱

他就是年仅三十一岁的黄明
一个从普通工人家庭走出的士兵
十二年风雨军旅生涯
四千多个与他共同拥抱生活的昼夜晨昏

他曾用镜头在洪浪里赞美抗洪英雄
他曾用钢笔在新闻稿中呼唤乡亲
他曾冒着危险去抢救遇险的大娘
他曾拿出微薄的薪金去慰问湖区的灾民
他用青春的热血之红点染壮丽的军旗
他用身上的军装之绿编织生活的宁静

他知道真正生命的色彩
是心灵光芒的自然闪射
只有把真爱倾注给人民的事业
军人的岁月才会万紫千红

明月千里寄相思
他把对妻子的眷恋和思念
凝聚在夜半读书中
他学理论　学写作　学电脑
他在自塑一个当代军人的崭新形象
他知道军人的价值在于拼搏
夫妻的恩爱只能在牵挂和奉献中延伸
那是一次紧急的抗洪命令
呼唤他含泪走出
妻子痛苦呻吟的病房

一样是血肉之躯

一样有儿女情长
一样知冷暖伤痛
一样珍惜离别重逢

人民是军人的父母
军人的天职是为了人民
他来到了洪水拍岸的大堤上
他舍身投入到洪水的旋涡中
他把自己的盒饭和干粮
送到灾民手里
他为了更多地反映抗洪的真实
记录站立涛头的抢险英雄
从早到晚扛着摄像机
他在飞渡万顷洪涛

这就是生命的色彩
闪现在波峰浪尖的壮丽画幅里
那颜色是洁白
书写着他崇高的信念
和忘我战斗的行动
那颜色是殷红
象征着他炽热的衷肠
和敢于牺牲生命的彩虹
那颜色是海蓝
袒露着他青春的蓬勃
和永远搏击的力量

谁也不会想到
他刚踏上火红青春的宽广征途
就会在抗洪的一线血溅车窗

用生命的血红抒写人生的诗篇

鲜花　歌声　诗歌
都无法描绘出一个士兵生命的真正色彩
我们只能用他熟悉的声音
把他深情地呼唤
黄明　亲爱的战友
你回来吧！快回来
你桌上的摄像机在盼望你
你挎包里的采访本在等待你
我们要和你一道去站岗
我们要和你一道去查堤
我们要和你一起去读书
我们要和你一起去射击
要和你一起交谈人生和未来
要和你一起迈步奔向新世纪

你是我们行进中飘飞的歌
你是我们队伍里嘹亮的笛
你是我们思念中青翠的树
你是我们心坎里高扬的旗

啊！黄明　突然远去的好战友
你不会走远
你仍生活在我们中间
面对你闪耀在眼前的笑脸
让我们把右手高高举起
给你庄严地敬一个接班的军礼

47

历史　是用岁月的风雨
大地沉重的呐喊
和天空翻卷的硝烟
将它揭开　将它书写
自从祖国母亲
忍痛割去瘦弱身躯上的一块血肉
撕裂心肝的耻辱
便深深地刻在每一寸神州的土地

是在一百年之前　那个天低云暗的黄昏
是在一百年之前　那个晃荡着紫光黄昏的宫殿
是在一百年之前　那个血泪模糊的港湾
是在一百年之前　那艘冷风透骨的炮舰旁边

母亲昂着不屈的头
拖着带血的身躯在继续跋涉
不怕征途漫漫　霜雪重重
迎着电闪雷鸣和暴风骤雨
有大恨岂对苍天诉说
有深爱怎肯舍弃骨肉
一个民族是怎样地沉默着
把自己的舌头咬出殷红的血滴
亿万儿女是怎样地屈忍着身体
像戴着镣铐在风雨兼程
还有多少赴汤蹈火的血性儿女
一次又一次用生离死别
想去抚平母亲身上的伤痕

那是一种怎样壮烈的奋争
那是一种何等冷峻的选择
那是几番铁马冰河踉不碎的梦幻
只能凝结成一片片血泪的渴望和无尽的相思

这是一个新生的年代
这是一个光明的日子
这是一个诞生自由　平等　文明　富裕的时刻
东方的曙光驱散了神州的黑暗
母亲苍白的面上
绽开了鲜花的笑容

同是一个灿烂的月亮
同是一片古老的天穹
这里到处有月光洒下的圣洁
在滋润着遍地热情
去把荒凉开垦出绿荫
那里虽然是彩色幻影摇曳的世界
却仍然没有忘记方块汉字的尊严
多少美丽的向往和故事
都在九龙湾的蔚蓝里涌动
李白的诗歌也在流行歌曲
美妙的旋律里栖息

多情的星星　闪耀着思念的泪光
清风的窗口　流淌着缤纷的梦想
我不止一次去香港山顶深情凝望
看到母亲玉洁冰清的手掌里
正滚动一颗照耀世界的明珠
我不止一次在海洋公园的奇石边徘徊垂泪

我听到母亲对儿女声声亲切的呼唤
香港的月亮
故乡的月亮
你是母亲明亮妩媚的眼睛
无时不在照耀儿女
去抹掉彼此长久思念的伤痕

这是一条曾经让岁月锈蚀的通道
尽管也有春风吹过
尽管也有人声喧哗通过
尽管也有悲欢离合通过
然而　却没有轻松　坦荡和鲜花通过
现在一切都将通过
有歌声笑语　有诗歌鲜花
有阳光温馨　宁静和激动
无言的隧洞会成为繁荣的纽带
冷寂的隧洞会成为歌声的窗口
于是　我们欣喜地手挽手从这里经过
把两个世界的暖流汇成生活的海洋

头顶着一个激动的海
肩扛着一个富饶的海
一个沉淀着悲壮故事的海
一个孕育着壮丽日出的海
一个将展示奇迹的海
一个要放声歌唱的海
从此　万里长城的每一块砖石
会要和这海浪一起欢呼
黄河的每一朵浪花
会要和这海浪一起舞蹈

威武的中国军人已经穿越海底隧洞
把钢铁的意志和着步履留在海岸
他们没有带枪带炮
只带着中华民族的自豪　尊严和强盛
从古老神州出发的庆典代表
没有带来彩绸和礼花
只带着五千年文明铸就的蓝图和
龙的传人的团结和友谊
这是世界上最伟大　最庄严的庆典
这是人类历史上最壮丽　最深沉的庆典
这是十二亿人民拥抱的庆典
这是洗刷一百年奇耻大辱的庆典
愿每一缕清风都是一支欢乐的歌
愿每一朵彩云都是一首赞美的诗
愿每一片绿叶都是一枚纪念的邮票
愿每一簇鲜花都是一片回归的春
啊　香港你归来了
啊　大海你欢腾吧！

48

一个清瘦披着风尘的诗人
伫立海岸　他撩起灰色长袍
在一个暮云低垂的黄昏
不屈的海浪吻着他的赤脚
他激动地对海沉吟
每一个字　每一句诗
都是生命的胆汁凝成
从遥远岁月流来的江海

也翻卷着悲愤的浪花
和诗人一道共鸣

冷冽的海风
撕下苍穹浓重的浮云
记录下诗人心中的酸楚和忧愤
然后把诗云抛进澳海
化作一座礁石在月光下歌唱

岁月的风雨拍打着礁石
正义的涛声呼喊着礁石
礁石在雷霆和阳光里
获得了生命的灵魂
和永不停息的雷鸣

于是 《七子之歌》
便从小渔船的缆绳上
一直漂泊到太平洋的蔚蓝之巅
从此 一道蓝色的闪电
划破了迷茫的海天

"你可知'Macau'不是我的真名
我离开你太久,母亲!
……
三百年梦寐不忘的生母啊!
请叫儿一声乳名:澳门
母亲,我要回来! 母亲。"

这是神州万座苍山的呼唤
这是大地千条江河的呐喊

这是岩层流动春雷的足音
这是炎黄子孙胸中血火燃烧的啸叫
这是天空飓风的飞鸣

七子之首的澳门啊
你可在这如涛如雷的带血诗吟里
挺起了自己宽阔的胸膛
你可伸出浪的手臂去触摸诗人肩头的硬骨
感受了大陆兄弟的如血情谊和赤胆丹心

别再徘徊　别再等待
挪动你的双脚把往日的坎坷踏平
用母亲给的力量去驱散岛空最后一片残云
快回来吧！澳门
祖国万里山河已搭好了迎接你的彩门

澳门的雨　凝重　浓密　透明
澳门的雨　神秘　缠绵　清纯
是因有太多的伤痕
是因有太多的忧愤
是因有太多的梦魂

清晨的雨　打湿了幽深的街巷和海桥的栏杆
牵着湿润的清风去编织新一天的缤纷
白昼的雨　笼住了鲜花的高台和亭阁的飞檐
载着无穷的追恋在电子计算机和设计室之间盘旋
薄暮的雨　缠住了喧闹的港口和车站的笛声
拖着沉重的步子去丈量生命的叹息
夜半的雨　敲醒了艰难跋涉中的梦影
拥着公园鲜花的美丽去品赏清酒的醉意

啊！曾被列强残忍蹂躏的雨
曾被刺伤母亲肌肤的刀剑穿透的雨
在世纪末苍穹最后的浓重云彩里
今天　你在如此庄严地哭泣
澳门的雨下吧
亲爱的兄弟哭吧
此刻的哭泣　才是真正的潇洒　痛快
充满幸福　充满壮丽

49

奔腾的长江
挺起起伏的胸膛
澎湃的黄河
扬起波涛的臂膀
巍峨的昆仑
昂起了岩石的头颅
辽阔的苍穹
回响着白云的呐喊
在世界的东方
我们年轻的共和国的土地上
老人和小孩
男人和女人
将军和士兵
诗人和学生
整整一个伟大的民族
整整十二亿人
同时发出了一个共同的声音
我们不会忘记

我们不会忘记
1999 年 5 月 8 日
这是一个黑色的日子
这是一个沉重的日子
这是一个血火凝成的日子
这是一个记载着残暴和灾难的日子

美国　北约　克林顿
自由　民主　人权
多么显赫的名字
多么好听的字眼
可就是这些
名字和字眼
它带给世界的是什么
是原子弹　导弹
航空母舰　轰炸机
在朝鲜
美国曾用大炮这样说
在越南
美国曾用轰炸机这样说
在海湾
美国用导弹还是这样说
在科索沃
美国用航空母舰有时这样说
对于这些
我们怎能忘记

这是一面真正象征
和呼唤着平等　和平　自由的红旗
它从北京的天安门

到联合国大厦
到南斯拉夫的
贝尔格莱德上空
它不止一次地
告诉世界
有的人鼓吹的所谓民主　自由　人权
那不过是
一块遮羞布
不过是
魔鬼头上的
一个假面具
如果说
那是真的
美国还要那么多导弹和飞机干什么
北约的盟国还要抱成一团干什么
谁又能够想到
在那个漆黑的夜晚
那面飘扬在
贝尔格莱德上空的五星红旗
会要接受
一个如此悲惨的事实
北约的导弹又会在
每一块
炸碎的瓦片上
继续写着
霸权主义的罪恶历史
谁又能想到
克林顿
会用他残忍的双手
野蛮地夺去中国人民三个优秀儿女的生命

和他们的
智慧和理想
一个和平国家的主权被践踏
一个神圣民族的尊严被侮辱
我们不会忘记

我们要让
江河记住
高山记住
苍天记住
每一棵绿树
每一朵鲜花
都记住
记住我们苦难的祖国
是怎样站起来的
记住祖国的香港
是怎样回归的
记住在共和国五十周年大庆的日子
澳门又将怎样满怀豪情
投进祖国母亲的怀抱
我们更会记住
落后　就会挨打
落后　就会受人欺侮
落后　我们的眼前就永远不会消逝
《南京条约》的阴影
落后　北洋水师将士的鲜血
就会白流
我们不会忘记
就意味着
我们要团结得

像万座山脉
紧紧地拥着
祖国的山河
我们不会忘记
我们就要同仇敌忾
创造　开拓
忘我地劳动
建设好富强　民主　文明的
祖国
我们不会忘记
我们就是要对
美国　北约　克林顿说
在中国的字典上
你别想再找到
放弃　软弱　妥协的字眼
而站在世纪之交的门槛上
你们只能看到
中国的万里长城上
正写着
统一　强大　磅礴
我们要牵动
千钧雷霆
向全世界宣布
为了人类和平的阳光
为了人类平等的歌唱
为了人类发展的春天
为了谱写一曲
新世纪和平与发展的主题歌
我们不会忘记

第六章 不落的太阳

　　诗人惠特曼说过:"没有信仰就没有真正意义的生命和国土。"他也是一个诗人,还在青年时期就站在湘江的橘子洲头问:"苍茫大地,谁主沉浮?"现在他也离开故乡远去了,可他曾经面对庐山的葱茏和雄奇,从胸中喷吐出的"冷眼向洋看世界,热风吹雨洒江天"的豪迈诗句和无与伦比的胆识雄魂,仍如天空不落的太阳见证和照耀着新中国的航船驶向无限光明的未来。

50

那年春天　我去了俄罗斯的圣彼得堡
那是一个晴空万里的日子　阳光浮在蓝色的大海上
天和海之间　奔腾着无际的浪涛
耸立在海岸的这座经典城市
飘着湿润和清凉的空气
一片又一片绿色的桦树林
一片又一片绿色的芳草地
还有红黄的　蓝红紫的鲜花
镶嵌在米黄色的　蓝色的街道之间

我知道　这里曾诞生了红色风景
马克思　列宁的学说武装起来的灵魂
用阿芙乐尔号巡洋船上的大炮

轰塌了一个旧世界　诞生了一颗
浓缩着真理的光芒　照耀
世界的太阳

列宁肯定不会想到
当时只有三十五万党员就夺得了政权
而到拥有两千万党员时却丧失了政权
这颗欧洲的太阳陨落了
这面鲜红的旗帜变色了
这座辉煌的城市老了吗
那本让列宁翻过多少次的《资本论》老了吗
那个美丽动人的芭蕾舞《天鹅湖》老了吗

我在圣彼得堡的海岸徘徊
我在突然被风吹起的落叶间徘徊
我在海岸雕塑那凝重的姿势和黑色的背影里徘徊
我在刚刚抵达又将离去的码头边徘徊
我在用卢布和海边画家的交谈声中徘徊
我徘徊呵　是那颗也曾经让我
激动不已的理想太阳

现在这颗太阳也陨落了
是在一个阴云密布的黄昏　是在曾经用学说
和雷霆向世界发言的红场
那里列宁睡觉的地方
街灯的光芒也渐次暗淡
可是　这个稍微宁静的夜晚
我却看到圣彼得堡上空的月亮
还很明亮　只是月亮的周围仍然有
淡淡云朵　在环绕它　显现出一种

古怪的苍凉　我随手去摸身边树林枝头
尚未苏醒的绿叶　真想听听
小鸟在树上的歌唱　绿叶湿湿的
像是沾着泪珠　我的心顿时沉甸甸地下落
直到伏在地上感触着风的无边惆怅

51

这是世纪的钟声　在宇宙间回响
这是人类前进的步伐在地球上又
留下深深的脚印　东方的太阳
照耀着东方的新世纪　照耀着新世纪
的中国　在小康的征途上去描画
新的形象　开创新的纪元
尽管前面的道路会有曲折
甚至天空也会有几朵暗云
尽管世界上仍然不宁静
还有炮火硝烟在局部弥漫
尽管　尽管能源危机　环境污染　文化的多元
价值观的纷繁　日出日落　月缺月盈　一切一切都
无法阻挡人类正义　文明　和平的进程
一切一切都将按照自然和人类的规律
塑造自己生命的辉煌

历史不会忘记自己苍凉的背影
时间不会忘记奔腾迂回的悲壮
贫穷不会忘记苦难煎熬的滋味
土地不会忘记铁蹄践踏的血痕

我们要懂得在万籁无声中

听到细微的波动和喘息
我们要明白在美丽的风景中
望见落叶的枯黄和冷漠
我们不仅要欣赏红色绿色
金色和紫色　更要钟情
黑色　白色的鲜明和庄重

千万不要以为高山瀑布才
真正壮观　其实森林中
的一条小路　更有其美妙的
仙境　虽然有时
太阳会在我们眼前
熄灭　可那夜空的星光
才会真正点燃你
荒原的明媚

走进宏伟　走向具象
走进灵魂　走回遐想
走过沉睡的黑暗　走出图画的斑斓
在思想和哲学的深渊上空飞翔吧
上帝就站在你前面微笑

沿着那旌旗飘扬的方向
朝着那歌声激荡的城郭
我们会从遥远走向经书的殿堂
头顶正飘洒升腾细雨　清风　阳光　白云
眼前正浮现红墙　白墙　黑窗　飞檐　金顶
千年天风和云雨的无数次穿越
宫墙上留下了岁月斑斓的沧桑
岩石隆起的盘山而上的台阶

嵌下了古代文明和烽火的足印

此刻　金色塔顶在太阳照射下
风雨的抚慰下
心灵之光的汇聚下
沉淀着日月精华和灵魂的圣洁呼唤

有比喜马拉雅山峰更高的信念
有比大海更宽阔的胸怀
有比雪峰更纯洁的情感
有比彩云更美丽的梦想
山顶古洞的炉灶锅台　依然散发的余温
仍在讲述一段辉煌和圣洁爱情的历史故事

荒漠已经在新世纪的阳光里
堆金叠翠　江南正飘着绿色的音符
加入辽阔田园的春天大合唱
雪原的马蹄声在宽广的大道上跌落
高高耸起的修筑青藏铁路的吊塔和挖土机
正在寂寞的雪域高原喷涌出巨龙般滚滚热浪

牧场的羊群在新描的蓝图里
化作飞翔的白云　银色的飞机
在藏民世代的企盼里　带着绚丽的想象
降落在雅鲁藏布江金色的滩头
全面建设小康的金号声在布达拉宫云霄鸣响

山海变迁的气息在大地流动
金佛的光芒也迸射着人间的美好追求
善和行　真和美

一齐在宝石的灿烂里显影
勤劳智慧　坚强创造
一齐在幻化的虚境里定格成现实风景
又是几番春风　春雨　春花
又是几度播种　结果　收获

江河的奔腾在激动跋涉的勇力
风云的变幻在铸造民族的团结
我看见青藏高原飘动的哈达
就像编织着吉祥与祝福的银练
在圣光飞升的天地里
浇灌歌声和春色

我靠在蜿蜒巍峨的城垛上凝望
蓝天的白云真像大海上的白帆
满目的灿烂　满目的锦绣
满目的梦幻　满目的遐想
满目的蓬勃　满目的激荡

52

雪花带着寒冷走远　正在吐绿的树木
撑开一片艳阳的晴空
梦想的花枝上
缀满了春光的灿烂
天安门广场变得异常的宽阔　耸立在
金水桥边的华表　在湿润的风里
放射出映日的霞彩
巍峨的城楼　俯首彩色的车流
浩浩荡荡流向四面八方

人民大会堂的国徽在雷鸣般的掌声里
凸显着神州的经纬
让古老东方龙的子孙　一次又一次
沉浸在伟大的思考之中

这是一个庄严的时刻　每一分钟
每一秒钟　都紧连着千山万水
都在记录历史前行的足音
和血脉跳动　心灵呼唤的共鸣
我们身上的热血　像黄河长江的波涛
有节奏地雄壮流动　自己的血肉之躯
也似高山的挺拔　托着凝重和坚定
我们抬起道义和理性的手臂
在无言的表决器上
投上神圣的一票
按上一个永远凝固而沉重清晰
象征和平生命的绿色指印

《反国家分裂法》庄严通过
象征中华民族正气宇轩昂地
走向信仰的灯塔
走向诚意的心桥
走向力量的大海
走向和平的彼岸
走向智慧的旷野
走向祖国统一盛典的殿堂

我知道　此刻　大地万物在倾听
高天流云在倾听　大海波涛在倾听

历史在倾听　未来在倾听
整个世界都倾听　此刻
我又仿佛看到　曾经沧海的郑成功
伫立海峡岸边欣然微笑

春的绿野激动地流出晶莹的泪水
雪域高原兴奋地绽放洁白的冰花
就连阿里山的青竹　山岩　苍鹰
也在深情沉吟依恋和向往的情韵

记住这个难忘的时刻吧
在中国古现代文明发展史册上
我们要铸造永远的国魂与正义的经典
高扬荡涤尘埃的摩天旌旗

天地雄风
人心浩气
日月光明
世纪辉煌
都从 2005 年 3 月北京的春天出发
为中华民族屹立于世界之林
永远地吹拂　融合　普照
激荡和飞升……

53

罕见的大冰雪
无情地扯起万里雪网
罩住了城市　田野　山村　河流
将车流与公路　立交桥凝固

给涌动的世界投上一片阴影

见证过 1954 年冰灾的老人
见证过 1998 年洪水的壮士
见证过 2003 年"非典"的英雄
见证过血与火考验的将军
此刻　都听清了长空传来的集结号声

北京的声音
召唤着十三亿颗心
从北京城　从天南海北
从香江　澳门　从四面八方
汇集的意志　瞬间烤热了冻僵的时间

寒风呼啸的煤矿隧道
总书记戴着安全帽走来了
他的身后　海港　码头
和铿锵的铁轨
一齐响起了嘹亮的汽笛
雪花还在飘飞的天空
正掠过闪电的机翼
共和国总理的牵挂
正动员一切力量　能源
去抚慰在冰雪中受伤的人群

你伸出手　我伸出手
我们大家都伸出手
一同握住了坚冰时刻的严峻
握住了茫茫征途的艰险
握住了共同的命运

即使是一床棉被
一件大衣　一个面包
一杯水　　一粒药丸
一桶汽油　一声问候
都源自一个共同和谐的家园

是军旗裹着热血
在融化冰雪　迎回万里春光
是生命扬起巨臂
接通折断的电缆
点亮黑暗的乡村

暴风雪　终于退却了
冰封的大地　终于吐出了绿芽
是在古老神州奔流的情谊里
雄壮的战歌里
依恋的目光里

纵横公路凝固的车流
又豪迈地驱动奔驰的步伐
站台沉默的人潮
又亲切地荡漾起欣慰的笑语
黑暗相守的小城
又露出了美丽的容颜

这是一次民族灵魂的壮丽涅槃
一次铸造和谐盛世的庄严洗礼
一次信念和情感的伟大升华
一次特殊战场的英勇搏斗

一次天地人和的世纪交响
让我们用融化的冰雪
化作庆功的美酒
用冰雪写成的誓言告诉世界
中国春天的步伐和春天的千红万紫
什么力量也无法阻挡

54

络绎不绝的人流　带着兴奋　激动
涌向北京奥运广场　他们的目光
都闪耀期盼　自豪　我知道他们心中
都在挥舞渴望与向往的鲜花

百年圆梦　百年沧桑　百年风云
黄河长江曾几番
扬波企盼　雪峰高山曾几度
翘首凝望　草原江南又绽放几春青翠

今天全世界的眼光都为这一刻凝聚
所有的关注都成了欢呼的歌唱
"鸟巢"在阳光下打开瞭望蓝天的窗口
"水立方"在霓虹灯辉煌里舞动浪漫的姿态

太阳用它炽热的温暖煮沸迎宾的花茶
绿色生态屏障用它葱郁的臂膀挽起挡尘的云墙
绿色奥运观念与东方人文精神紧密握手
在缔造"同一个世界　同一个梦想"

此刻像火山一样迸发的热情正在十三亿人

心中涌动　像大海一样澎湃的祝福
从四面八方向北京集结　我们脚下的砖石
每一块都承载着无比的欢欣和快乐

这里的每一棵绿树　每一株兰草
会铭记着申奥的艰难步履
这里每一条道路　每一座灯塔
同样记录着一个国家为此付出的百倍努力

有一种象征会让你梦魂萦绕
有一种歌声会让你热血沸腾
有一种信念会让你心飞宇宙
有一种力量会让你气吞江河

这就是五环旗的深情召唤
这就是友谊与和平的庄严洗礼
这就是圣火祥云的神奇燃烧
这就是承诺　庄严熔铸的中国新经典

我看到北京的大道和街巷
都是星光的绚丽铺设
北京的高楼和庭院
都是春天的色彩装点

北京天空的纯净与空气的清新
都是和风的清悠与湿润浸染
北京的微笑和温馨的话语
都是鲜花的绽放和芬芳的飘溢

这里每一次　飞溅着友好　信任　欢乐

的浪花　这里盛满激情　真诚和热力的每一个
湖泊　都会荡漾我们共同的向往
梦想　崇高　博爱和眷恋

北京呀　你如此雄伟的天安门广场
如此庄严的华表和城郭
我愿和你张开的长城般巍峨的手臂一道
尽情拥抱属于你的豪迈　光荣和壮美……

55

你终于拥抱着
中华民族的世代梦想
和五千年文明的瑰丽
走出飞船的轨道舱
走向太空
健步在神秘浩瀚的宇宙

北京　长城　长江明白
他的炎黄子孙的智慧和胆识
他的神州大地赋予的坚毅和勇敢
他的江河与岁月赋予的情怀和冷静
乃至生命的圣洁崇高

太阳怀着崇敬在升起落下
给惊叹不已的地球镀上
一层耀眼的光芒　中国行走
在太空　让自己巍然的身影
与日月争辉

这时刻　全中国人民的心
和航天员的心一起跳动
所有的目光都凝聚成无法言表的牵挂
惊心动魄的守望呵
每一秒钟都连着我们的神经颤动

只要一听到正常的呼号　我们的心
就异常幸福　激动　感奋
只要一听到正常的回答　我们的祈祷
便会变得格外平静　从容
整个宇宙就和我们更加贴近

飘扬在太空的五星红旗
航天员每一个细微的动作
注入了一个国家的伟大　自信和光荣
表达着中国人对未来的向往和憧憬

祖国呵　让你的每一步的前进旋律
都记在航天员的手册上
挥手　你在太空为祖国翻开了
新的一页历史　挥手　你在向全世界
讲述中国正在创造新的世纪
这时光的瞬间
正是最好的预兆
更让我们读懂了壮丽和辉煌的艰辛……

56

中南海的灯光
彻夜亮着　总书记的眉头紧锁着

一个又一个不眠之夜
一次又一次果断决策
汶川　德阳　茂县　绵竹
就伏在他的心上颤抖　抽泣

多么美丽而富饶的土地
多么勤劳而智慧的人民
此刻　你们受苦受难
"到了最危急的时刻"

16日上午　灰蒙蒙的天空绽放出
璀璨的阳光　总书记乘飞机
来到四川　来到受灾人民中间
一股暖流顿时流遍四面八方

"抗震救灾工作要坚持以人为本，
把抢救人民群众生命作为重中之重……
尽全力抢救受困群众
尽全力医治受伤群众……
尽全力帮助乡亲们恢复生产重建家园"
一字一句凝结着党的无限深情
一字一句感天地泣鬼神

此刻　总书记披着风尘走来了
他的身影　还像往日那样伟岸
他的步伐　还像抗击冰雪时那样稳健
他的眼光　还像在寒风呼啸的煤矿时
那样亲切　他的心
依然像太阳那样温暖
在照耀震中受灾的河山

他的眼前　断墙塌楼还冒着尘烟
耳边仿佛还听见一声声凄惨的呼喊
他止住了脚步　他在凝望倾听
凝望他揪心痛心的悲惨世界
倾听他惦念焦虑的父老乡亲
他是一个拥有七千多万党员的伟大领袖
他的胸中正蠕动整个宇宙
这是一种怎样的历史担当
这是一个怎样的危急时刻

他不止一次地握住灾民的手
他不止一次地亲吻受伤的儿童
他用心在轻轻地说
"我和大家一样痛心
孩子们别哭　乡亲们一定要挺住"
他是父亲　他是兄长　他是人民的儿子
他是全中国最亲的人
他是我们心中最尊敬的人

他继续向前走去
他的肩头布满了尘土
他拎起地上的书包
他抚摸震落的学校门窗
他多么想听到孩子们的读书声
看他们坐在电视机前
幸福地看奥运圣火的传递
此刻　他多么想呵
天空慢慢变得澄澈
苍山慢慢抖开愁容

一切希望　向往　企盼都在废墟上跳跃
阻断的河流又开始了雄壮的呼吸

亲爱的党呵　金色的北京
祖国的心脏　你每一次脉搏的跳动
都把我们的心紧紧连在一起
都在注入我们蓬勃旺盛的力量
和无限美好的憧憬
中国一定会赢
中国不会躺下
这是全中国人民发出的声音

敬爱的总书记
你听到了吗

57

阳光的大道　在天空铺展
身边飘浮的云霞　像鲜花绚丽
万里东风　舞动银色的翅膀
载着幸福的航程和激动的心在飞翔

飞翔呵　我在祖国温暖浩瀚的怀抱畅想
飞翔呵　我在辽阔大地和奔腾的江河之上凝望
飞翔呵　我在沸腾的城市和欢乐的时光里歌唱
飞翔呵　全中国人民都翘首把2009年的10月期盼

那是中华民族五千年文明铸造的10月
那是历史沧桑和岁月风烟铸造的10月
那是黄河　长江　泰山　长城拥抱的10月

那是炎黄子孙用勤劳　智慧　勇敢和壮烈涅槃
　　的10月

我看到古都苍凉城郭上那轮落日
车马的悲鸣和古寺的紫烟
早从时间的隧道消逝
历史的涛声　依然诉说岁月的沉重和枯荣

也有梦幻般美妙的远古神话
也有瑰丽诗歌礼赞的天朝奇观
也有边塞琴断残月的忧伤泣诉
也有铁马呼啸雄关的烽火悲壮

纵然雾掩楼台　碣石遗篇
纵然大雨幽燕　虎踞龙盘
自有沧桑大道　锷刺青天
自有万山红遍　萧瑟秋风唤醒人间

我看到珠穆朗玛雪光的圣洁和布达拉宫的宁静
　　辉煌
我看到西湖苏堤　日月潭月光的温柔和九寨沟
　　泉水的透亮
我看到紫荆花的鲜艳和妈祖庙灯火的吉祥
我看到太平洋彼岸中国城五星红旗飘扬的自豪

我在阅读屈原《离骚》故乡的风景
我在吟叹李白放歌山水的豪迈癫狂
我在追念岳飞怒发冲冠的肝胆雄魂
我在倾听李清照悲切诗韵中的眷恋和感伤

更有洞庭波涌范公雄辞
让一个民族的胸怀装下整个宇宙
风雨中南湖起航的船　高擎信仰的火炬
在茫茫长夜点亮破晓的灯光

在联合国风云翻卷的舞台上
我听见祖国的声音慷慨表达自己的意志
在世界之林的万木丛中
我看见祖国伟岸的雄姿巍然挺立

我在云天飞翔
激情　如大海浩荡
想象　如彩虹璀璨
热血　如火焰升腾

我又看到了酒泉高耸的航天塔上正欲腾飞的神舟
正和金水桥畔崇高至伟的华表絮语
我又看到奥运北京天空焰火编织的脚印
正走向2049中国将演奏和展现的雄浑交响与
　　无限风光

我在云天飞翔　　遐想　憧憬
我的灵魂　我的生命和我的一切
都在和着祖国　大地　高山　河流的节律一起跳动
我在母亲的万般慈爱和千般期望中飞翔

飞翔　歌唱　祖国的辽阔　博大　悠远　年轻
飞翔　歌唱　祖国的文明　包容　进步　富强
飞翔　歌唱　祖国的光荣　美丽　和谐　复兴
飞翔　歌唱　伟大的祖国　十三亿儿女最亲的爹娘

我在云天　飞翔

我在云天　歌唱

飞翔　朝着东方的太阳

歌唱　向着天安门广场

58

那是一个晴朗的日子　我来到唐山
我靠近铁栅栏　靠近了那个
黑色日子　走近这片断壁残垣
走近了那片历史的沉重　虽然灰暗
静静的水泥板　裸露着
岁月沧桑　已经沉睡了三十多年
可此时我的感受同样肝胆欲裂
这一刻　汶川又站到了我的眼前

在阳光浸染下　葱翠欲滴的树林
氤氲着湿润清芬的花草　还有从学校窗口
飞出的朗朗书声　瞬间也变得朦胧凄清
伴随着　声声悲惨的呼喊　在我心上
划出一条又一条心痛的血痕
似有一个哭泣的魂灵走进我的心中

在汶川抗震搜救的那些日子　我看到唐山
志愿者的身影　听着他们深情的呼唤
真切感触着感恩　博爱　开放　超越的伟大力量
就像大海一样澎湃汹涌　是为了告诉世界
唐山和汶川的今天和未来　我有意地将诗歌
写得如此苍凉　冷峻和凝重

此刻　地震遗址上的每一块砖
每一片瓦　每一根梁　每一双眼睛
岁月冶炼过的破碎玻璃
仍然印着曾经浴火踏险的背影
它们至今不熄灭的目光
一直深情凝望这座心中的伤城

此刻　我真读懂了在这里为什么会
诞生中国大陆第一座机械采煤矿井
第一条标准轨距铁路　第一台蒸汽机车
第一桶机制水泥和第一件卫生陶瓷
我更读懂了新世纪唐山人
正以一种怎样的精神和姿态在开创新天地

59

这个鲜花如云的五月
我来到了上海的大都市
我走进了梦幻般神奇的大都市
阳光纵情地用柔和而温馨的金丝
给繁华蓬勃
文明多彩的大上海
庄严而激动地描绣着辉煌和壮丽

2010年上海世界博览会
以她美轮美奂的亲切姿容
迈动优雅而潇洒从容的步伐
无论是方块　圆形　还是弧线轮廓

无论是巍峨　古典　还是灵秀风韵
无论是金红　黄紫　还是浅绿色彩
无论是沉静　凝重　还是律动表达

无论是粗犷　豁朗　还是含蓄
无论是浪漫　飘逸　还是缠绵
无论是雪的圣洁　雨的细润
还是风的轻柔　花的妩媚

都是人类文明沉淀的深情回忆
都是逝去岁月铸造的恒久雕塑
都是时间隧道泛起的奇思妙想
都是历史长廊鸣响的铿锵回声

夜色中的旋律拨动美人鱼的心弦
金色少女像象征三千勇士的壮烈
一切都在和世界与明天对话
此刻万国的奇观和深邃在眼前铺展

这是美丽和梦想的约会
这是灵感和向往的拥抱
这是快乐和友谊的握手
这是现实和未来的期盼

阅读倾听世界的美丽
美丽在呼唤所有美丽的寻找
美丽编织的美丽花朵
在美丽的心灵上怒放飘香

这些不同肤色人的生命希冀和歌吟

这些不同语言国度的历史和风情
都在同一片蓝天下绽放和绚烂

沸腾浦江　热情浦江
动感浦江　激情浦江
最是浦江月夜的缤纷庆典焰火
会永远把中国人民的微笑
留在世界人民心上

我终于穿越人造的细雨
让冰凉湿润干涸的心
我在激情和热情携手的波浪里缓缓行进
抬头凝望眼前
用中国红和中华智慧垒起的塔楼
像一面巨大红旗在迎风招展

斗拱　冠帽和远古鼎的联想
尊严　大气　浩瀚和经典的挥洒
神圣　幽远　空灵和风雅的穿透
在这里把天地人的灵魂形象惟妙地铸造

特有的城市繁华　喧闹　车马人流
叠影在充满动感气息的清明上河图里
讲述着遥远昨天的城市古老和文明
演绎着世界城市共有的奇异和变迁

乘坐世纪列车走回原始的山水田园
石桥亭阁驿站青砖黑瓦如陈年传说
终于和立交桥火车高速交谈
记述着同一河流土地上的崭新故事

三十一双省市区的巨手举起了现实和憧憬的斑斓
用文化的魅力和绿色情怀的相思
在雕刻　描绘　讲述世界上最美的城市精魂
一如身边的浦江　激情荡漾

于是人们会在同一屋檐下思索怀想
会在同一时空里奔跑　呐喊　歌唱
会在同一命题里构思　书写　表达
会在同一航船上豪迈　激奋　荡桨

就连那一幅幅童心描画的天真和遐思
也在把中国的沉思和担当抒发
我们即使在碧波与荷花的缤纷里徘徊
心中的念想依然如彩蝶飞翔

60

那颗太阳　曾经用光芒铸成一个幽灵
在欧洲徘徊　当它染红十月革命的朝霞
也染红了东方嘉兴南湖
那条很狭小的航船　我的心灵的窗口
就是从那一刻的阅读开始　才知道世界上有个脑子
像太阳一样放射光芒的人
他叫马克思　马克思和恩格斯　列宁的故事
后来也和毛泽东联系起来　让我懂得
那是一个个比太阳还伟大
的灵魂　从此我的生命注入了哲学的思辨
真理的凝重　智慧的晶莹和血性
感情　意志的理性光辉

那是多么庄严而激动的时刻　我的父辈
在湘江之滨　浏阳河畔
码头土屋　山冲草舍举起右手　他们
也走近马克思　投入太阳怀抱　然后高擎着
信仰的旗帜　奔跑在离故土更近　和乡亲更亲
离春天更近　和自由更亲
离黑暗更远　和光明更近　离苦难更
远　和甜美更近的征途上

我也属于马克思指引给我的世界　我更属于
毛泽东给予我的世界　当我也像早晨八九点钟的太阳
充满朝气和期盼的时候　我曾向往迷恋的世界
开始在心中迷茫摇晃　我曾回到家里问沉默无语的父亲
为什么天空的太阳那么刺眼　地上的语言那么疯狂
为什么旗帜　红袖章　红语录　会像潮水一样
裹挟着人们的灵魂　思想　意志　还有
神话　宗教　艺术　历史　权力　财富　乃至精神的
歌唱和爱情的琴弦被任意地颠簸　扭曲　摧残
和亵渎　羞辱

为什么生活不再平静　一句话也可能剑拔弩张
为什么黑白不再分明　谎言可以闪耀金子的光芒
为什么要把真理送进囚笼　给科学戴上枷锁
为什么让工厂　矿山　机床停止呼吸　却用
"宁要"和"不要"的口号来填满饥饿的岁月①
就连那一株纤微的小草　也被带血割断
不让她在风里雨里歌唱　她是一个女人

---

① "文革"时"四人帮"有一句盛行的口号："宁要社会主义的草，不要资本主义的苗。"

是一个母亲　是一个热爱光明的天使　我猜想
她也一定热爱太阳和马克思　毛泽东

我承认　我一度找不到答案　于是我在夜晚
是在那种异常寂静但又能听见水声的夜晚
看天幕上　划过的流星　听身边大树上飘下的鸟鸣
我的泪水模糊了眼睛　但没有模糊创伤的心
我仍然在盼望旗帜　火炬　红领巾　我依然在想
明天破晓的曙色　升起的太阳　缤纷的霞云
我仍然清晰地想象马克思的眼光和长长胡须
依然忆念列宁激动的手势　依然在神往
毛泽东的从容　慈祥和坚定　依然还在梦中亲吻
天安门广场的阳光和人民英雄纪念碑
英雄群雕的雄魂

是呵　"历史命运蜕变为个人命运
众生便只有在周易八卦面前诚惶诚恐
我们图解了历史
而历史是最不能被图解的"①
有人想图解历史　而终于让历史图解了
苏联的命运　是一个被历史图解的命运
俄罗斯没有周易八卦　就连心的宿命也不存在
华盛顿开始兴奋　也想中国是这种宿命
可他们根本不明白　马克思并没有走远
只是斯大林已经走远　毛泽东也没有走远
他只是打了一下瞌睡　让自己苍老了许多
东方的太阳终于卸去面纱
以更辉煌的火焰照耀山河

---

① 摘自《苦难辉煌》，金一南著。

中国　毕竟有惊动世界的四大发明
中国　毕竟有神农创造金色的收获
中国　毕竟钻火冶炼出青铜
中国　毕竟用石头的桥梁取代了树木
中国　毕竟有郑和下西洋开拓走向世界的先河
中国　毕竟有鲁班华佗妙如神仙
中国　毕竟有陶瓷文化瑰丽闪烁

中国是一条大河　永远不会干涸
中国是一条巨龙　总要乘风飞跃
中国是一部大书　蕴含宇宙全息
中国是一座森林　阅尽人间春色

让我们变成一只信鸽
从晴空的太阳下飞过
从南湖的碧波上飞过
从井冈山的树林上飞过
从湘江的芙蓉花上飞过
从遵义城头的朝霞里飞过
从泸定桥　草地　雪山飞过
从延安　宝塔山　西柏坡的山顶飞过
从天安门城楼和国徽的光芒里飞过
把每片羽毛都化作诗笺
给太阳写一段史诗
献给曾经艰难　光荣　壮阔　悲痛而又蓬勃的历史
献给新世纪　新时代和未来的英雄和人民
献给中华民族自尊　自强　自豪的脊梁和长城

是的　我们应该有这个责任　这腔激情

这般热血　这颗丹心　让我扑进母亲的怀抱吧
再吸一口母亲的乳汁　再品味一回
母亲灵魂和感情深处的真理　和美德的崇高与温馨
就像细数母亲的发丝一样　尽情地倾吐心中
对母亲的无限感激　依恋和忠诚

母亲曾经这样对我说　你们的祖先真是伟大
可以把地球放在书桌上观察　小小的指南针
在撬动陆地　海洋　湖泊　高山
就是一册《论语》　也把修身齐家治天下的道理
说给永不停息的光阴和流水
好让它们孕育东方独特的情操和思想

是的　中国的独立　人民的解放
国家的富强　百姓的富裕　要真正使自己成为从被奴役
走向站立起来的主人　我们没有别的选择
只有把马克思　恩格斯　列宁的哲学　经济思维　人文
　光芒
渗透进中国的每一寸土地　每一条江河　每一棵绿树
每一缕清风和每一朵云霞　陈独秀的悲剧
在于他太依靠母亲的叮嘱　就是注定要主宰祖国命运
也不愿离开母亲的身旁　毛泽东许是在田间里
有过耕耘的经历　他的脑海里父亲母亲就成了一座
蕴藏着丰富宝藏的青山　他知道收获必定
是在秋季　秋季的菊黄和枫的血色也自然散发
太阳的金色和火炬的红焰　莫道云海茫茫
莫恋天空蔚蓝　从地底喷射出来的泉水
是想荡涤世上的腐朽和尘埃　它要还大地
的辽阔　原野的葱绿　江河的波澜
它要在陈胜吴广曾揭竿的神州　讲述

完全不同的选择　　呼唤和向往

是的　　就是他毛泽东和他的领导集团　　他们
别了斯大林　　别了洋书　　洋枪和洋火　　洋烟
也别了孙中山念念不忘的"三民主义"
用实践的标尺在丈量属于中国自己的
道路　　理论　　思想　　旗帜和灯光
就这么一点　　中国共产党的特色
决定性地让镰刀　　斧头铸就的旗帜
永远在东方的天空　　光彩地飘扬

在海边　　和毛泽东一起跋涉过山水的老人
终于可以放声对他的人民说
我们要思想再解放一点　　胆子再大一点
办法再多一点　　步子再快一点

在人民大会堂　　曾跟随毛泽东长征的红小鬼
为了中国飞翔　　为了巨龙腾飞　　为了民族兴旺
为了红船驶进现代化的航道　　他竟斗胆说
"我不下油锅　　谁下油锅"很像他的老乡
横刀向天　　中国改革　　若要流血
请自嗣同始　　正是这从胸腔喷吐的血
揉动　　冰与炭　　火与土　　再一次洗礼东方的太阳

是的　　既然历史在这里沉思　　沉思的历史
又必然召唤创造历史的狂飙和风起云涌
他踏着薄冰　　从容走来了　　是在那年的夏天
他捧着太阳的光芒走来了　　他要融化即将凝成的坚冰
薄冰是他心之惦念　　破冰是眼之所望
他没有辜负历史　　辜负红船　　辜负那么多英烈

抛洒的热血　　没有辜负马克思　　恩格斯　　列宁
毛泽东书写的学说　　没有辜负五千年文明的托付呵
领航着中国特色社会主义的航船　　又驶向了一个新的起点
"三个代表"的旗帜　　辉映太阳的光芒　　给祖国又
镀上了一层耀眼的晨曦

是的　　天安门上飘展的五星红旗　　又在十三亿人的心坎上
播洒花雨和铺展蓝图　　她要告诉世界和未来
从天上来的黄河　　从地上站起的长城　　它们的肩膀
又要托起一个复兴的中国　　豪迈地走向和谐光明的世纪
他虽没有跟随毛泽东长征　　也没有机会像毛泽东
去与斯大林谈世纪革命和中国的命运　　但他却义无反顾
担当起了南湖红船赋予的光荣责任　　使命和永恒
他在刘家峡的电站　　曾牵出银河光芒　　他在云贵高原
曾描绘彩云的绚丽　　他在雪域天堂　　曾让布达拉宫的塔顶
也染上太阳的金色　　他知道稻穗　　钢花　　森林
湿地　　空气和水　　雾霭和云霓　　还有莲子的胚胎
斑竹的清泪　　他知道只有沉重的历史　　深思的自我
沸腾的岁月　　不屈的江河　　巍然的自信　　才是太阳的灵魂
才是光芒的真谛　　他用科学发展的宣言　　传承光明的希望
他用"八荣八耻"的明灯　　照耀迷惘和困惑的心灵
他用花草的芬芳　　他用珍珠的晶莹　　他用玉壶的冰心
在新刷出的小康社会起跑线上　　满怀大爱大情和大义
用阳光在重新涅槃权力与利益　　祖国呵
人民呵　　请接受每天黎明绯红朝霞的敬礼　　那是
满含深情的祝福呵　　来自人民领袖心底的感恩
中华民族　　你的富饶　　你的自由　　你的步子　　你的光荣
你的微笑　　你的豪迈　　你的壮美　　你的深沉
你的辉煌呵

是的　东方的太阳
每天都在喷薄飞升
尽管太平洋不平静
尽管大自然也不平静
尽管人间不平静
尽管人心不平静
尽管……
东方的太阳呵

61

有一种颜色　是用生命和心光染成
有一种丰碑　是用骨胳和血液铸就
有一种倾注　是用忠诚和牺牲表达
有一种感动　是用果敢和清泪书写
有一种大爱　是用放弃和眷恋编织

因为有了你们　有了你们的一切崇高壮烈
因为有了你们　有了你们的一切淡泊坚毅
因为有了你们　有了你们的一切从容坦然
因为有了你们　有了你们的一切蓬勃沉静
因为有了你们　有了你们的一切豪放笃诚呵

太阳的金光和红焰　旗帜的经纬和飘展
才会在长天　白昼　星夜如此风光潇洒
如此壮丽　辉煌　如此照耀寰宇
如此彩虹飞扬　如此迎风浩荡
如此激越　阔步　如此凌霄望远

是穿越　不怕迷雾万重

是跋涉　何惧千山万水
是吞吐　纵然雷霆风暴
是追寻　即或冰封残月
是浴火呵　胎中母亲的一汪血泉

你第一声啼哭　就惊醒了黑夜
你第一次吸吮　就摇晃了大地
你第一回张望　就擦亮了星月
你第一遍歌唱　就绽放了春光
你第一步行走　就踏响了岩石呵

命运和意志　前途和沉浮就决定了你人生的方向
那是不需要论证的选择
那是没有犹豫的奔跑
那是始终如一的坚守呵
历史和时间在为你沉淀如海洋般的创举和涅槃

就是为了一个崇高的信仰　阳光世界的开辟
就是为了祖国走出苦难贫困耻辱　把民族的脊梁挺直
你们　炎黄子孙　大地之子　黄河长江的儿女
东方文明的继承和开拓者　才这样义无反顾地赴汤蹈火
抛头颅洒热血　生死不惧　壮怀激烈

他是江西上饶弋阳人　他的灵魂照进了太阳的圣光
在红土地上　他高举起义的旗帜　既而又踏上抗日先遣
　　的征途
他不幸陷入国民党军队的魔掌　忠心失去了飞翔的天空
清贫　洁白朴素的生活　滋养他一身铮铮铁骨
《可爱的中国》是他光辉生命的最响亮宣言

"敌人只能砍下我们的头颅　决不能动摇我们的信仰
因为我们信仰的主义　乃是宇宙的真理
目前的中国　固然是山河破碎　但谁能断言
中国没有一个光明的前途呢　我们相信
中国一定有个可赞美的光明前途"①

"为了阶级和民族的解放　为着党的事业的成功
我毫不稀罕那些华丽的大厦　却宁愿居住在
卑陋潮湿的茅棚　不稀罕美味西餐大菜
宁愿吞嚼刺口的苞栗和菜根　不稀罕舒适柔软的钢丝床
宁愿睡在猪栏狗巢式的住所"②

"我爱中国之热忱犹如小学生时代一样真诚无伪
有如一个青年姑娘那样真诚入迷
到那时　到处都是活跃的创造
到处都是日新月异的进步"③
这是何等圣洁而宽远的赤子情怀　心灵倾诉呵

这是世界上最宝贵的精神矿石
这是人世间最耀眼的生命火炬
这是夜空中最神圣的灵魂月亮
这是江河上最洁白的青春风帆
这是三十六岁的方志敏最壮丽的英雄诗篇

这蕴藏着雷电和火焰的思想
这澎湃着深爱和向往的柔肠
这洋溢着憧憬和坚韧的追求

---

①②③　均从方志敏诗文中摘选。

这置生死而度外的清贫　正气　浴火呐喊
定然要飞出牢笼　为祖国的光明注入一缕金光

他是广东惠阳人　曾被誉为北伐名将
他打响南昌起义第一枪　毅然奔赴抗日疆场
他率部一次又一次粉碎日军对皖南的"扫荡"
他让新四军的英名和浩气威震敌胆
他无法想到皖南事变竟让他蒙冤千古饮恨江南

他抗拒蒋介石的威逼利诱　一曲《囚歌》千秋传唱
他希望有一天　地下的烈火　将他和这活棺材一起烧掉
让自己在烈火与热血中永生　永生呵　他的不幸遇难
悲动九州"为人民而死　虽死犹荣"①
毛泽东心中的叶挺竟是这般亲爱如初

这是一颗心如日月的将星
这是一柄刺破黑暗的利剑
这是一首正气浩荡的血性壮歌
这是一尊搏击恶浪的中流砥柱
这是一团要烧毁旧世界的熊熊烈火

天有情　地有情　石有情　花有情
山不转水转　树不转风转
不惧炮火硝烟　枪林弹雨　蒙屈偏见　荆棘谗言
依然负重浴血　出生入死　踏雪破冰
依然力挽狂澜　铁骨铮铮　昂首擎天

---

① 1946年3月4日,叶挺出狱后第二天致电党中央,请求重新加入共产党。3月7日,毛泽东电告叶挺,批准其加入中国共产党并以"亲爱的叶挺同志"相称。4月8日,叶挺自重庆飞返延安,途中于山西省兴县黑茶山因飞机失事不幸遇难。死讯传出,毛泽东在《解放日报》发表悼词:"为人民而死,虽死犹荣。"

是生的庄严　崇高　玉洁
是死的慷慨　悲烈　神圣
是活的赤诚　坦荡　忠勇
是梦的绚烂　辽阔　幽远
是一条永远闪耀生命光辉的河流呵

她是四川自贡人　名字叫江竹筠
我们叫她江姐　江姐就像雪地的红梅
她的身影　她的声音　她的坚强　她的精魂
早已化作天空的红霞　映照着祖国新生
在共和国的旗帜上　我们能看到她灿烂的笑容

她是从一个农民家庭走出的革命女性
她是在"反内战　反饥饿　反压迫"的浪潮上成长起来
　的坚强女性
她是党的地下刊物《挺进报》和秘密工作的"中国丹娘"
她是舍生取义　忠于祖国和人民的好妻子　好母亲
她是漫长寒夜透出暗云的一轮明月

她用真理的光芒照亮自己青春的足迹
她用女人的深情抚慰流血的知音
她用圣母的神圣粉碎魔鬼的凶残
她用不屈的坚贞坚守崇高的使命
她用生命的丹心书写理想的缤纷

江姐　江姐呵
我们从心底敬重你　怀念你
就像孩儿思念母亲　就像星星依偎月亮
要用你二十九个春秋孕育的金丝银线去编织

永远属于我们的光明和幸福

她是山西文水云周西村人　她的名字仍牵动亿万人心
刘胡兰　就义的时候　才十五岁　是我们的小妹妹
她是中国共产党女烈士中年龄最小的一个
"生的伟大　死的光荣"　这是对光明的礼赞①
是胜利的预言　更是一切善良人们的祈愿

我不知道该怎样理解这个小妹妹
她那么年轻　竟然心中装下了一个这么大的世界
她那样文秀　竟然面对死亡还那样从容镇静
"给我一个金人也不自白""怕死不当共产党"
这如同霹雳般的心声　也会让鬼神发抖

那把寒冷的铡刀　连匪兵自己也害怕
那片黑暗的云层　压迫着每一分　每一秒
我们的小妹妹呵　她始终没有动摇畏缩
怒向刀光　大声喊道："我咋个死法？"
顷刻　苍天都为之挥泪如雨

苍天呵　一个民族能立于世界之林
该是何等的风光和洒脱
一个国家要复兴　繁荣　和谐　安宁　幸福
该是何等的幸运　荣光和巍峨
都因有一批血性的儿女在追寻未来最美的梦想

焦裕禄　您是博山县崮山乡北崮山的农民儿子
您走进河南的兰考　您走向了一个自由的王国

---

①　1947年3月26日,毛泽东为刘胡兰亲笔题词："生的伟大,死的光荣。"

您以人民好公仆的名义　告诉世界
中国共产党人　心中的上帝就是人民
人民呵　把我们哺育成一代又一代的尧舜

我知道　您出生在1922年　那是军阀混战的日子
您从小就懂得　百姓的喜怒哀乐　就是那运煤的小车
把您推向1962年寒冬的雪地　在那里
在兰考　您饱受风沙　内涝　盐碱的煎熬
我要向您　尽情地倾诉　公仆的苍凉　伟岸

流沙欲蔽日　盐碱想虐杀青苗
内涝企图吞噬田园和金色的收获
而您冒着北风怒号　大雨纷飞　白雪迷漫
去鼓励大家　像张思德　白求恩一样
把生命和热血感情献给善良的百姓

如何战胜灾荒　如何改变兰考
如何治沙　治水　治碱呵　您的内心深处
时刻沸腾着一个坚强的信息　不达目的
"我死不瞑目"我也想在您情怀的天空　在湘江之滨的
　　古城
尝试着做一次十分个性　十分坚勇的飞翔

1964年春天　百花正在盛开　森林也一片翠绿
小鸟在枝头歌唱　彩蝶在风中舞蹈
而您　我的兄长　久有的肝病发作
您用左手和钢笔　笔记本在与恶魔搏斗
您胜利了　兰考的大地已经花团锦簇

您在兰考写出了最新最美的文字

您在兰考画出了最新最美的画图
您在兰考抒发了中国人民的奇志
您在兰考终于"敢叫日月换新天"
是呵　是毛泽东的著作　让您撑开一片艳阳天

就是这千千万万的思想者　播种者　拓荒者
就是这也食人间烟火　也有七情六欲
的男女凡人
他们在迷茫中找路
在火光中穿越　在生与死
苦与难的跋涉中挺进
眼前心底始终出现光明

这不是神的召唤
这不是天的派遣
这不是意志的盲从
这是清泉对大地滋润的奇效
这是历史对存在的深情分娩

自然的世界　人的世界
文明的铸造　人性的雕塑
文化的斑斓　创造的神奇
美与丑　善与恶　知与行　光与火
永远像魔一样在宇宙间存活

神父　牧师　哲学家
法官　律师　将军　美学
音乐　诗歌　还有
皇帝　总统　士兵　工人
田野　矿井和沙漠　沟壑

一切都在岁月的河床解构灵魂
一切都在信念　情感　意志和生生息息中穿梭思索
一切都会回归最初的纯粹　原始　自由和鲜活
一切都要接受自然和天性　客观与主观　破坏与重生的较量
一切最终只能由命运之神作出最严肃公正的裁判

没有哪一只翅膀能托起天空
没有哪一条江河能流遍世界
没有哪一片树叶能绿满群山
没有哪一支花朵能香飘四方
而只有清风　只有阳光　只有雨水才能把整个宇宙哺养

我也读过拿破仑　彼得大帝
我也读过爱因斯坦　毕加索
我也读过安徒生　歌德
我也读过卡夫卡　萨特
还有《林中散步》的梭罗

我也读过列宁的《哲学笔记》
我也读过马克思的《资本论》
我也读过恩格斯的《自然辩证法》
我也读过孔子的《论语》和毛泽东的《实践论》与诗歌
我也要用心写一部史诗描绘东方的太阳

东方的太阳　东方的圣母
东方的上帝　东方的文明
她要让21世纪的人类都理性地思考
自然　生态　人性　文化　禅境　星月
皆旋转在东方太阳的周围　铸造永恒的辉煌

辉煌呵　凤凰涅槃
辉煌呵　蜀道不再难
辉煌呵　高峡出平湖
辉煌呵　湘妃不再感伤
辉煌呵　高山　大海　天空　宇宙都在太阳心上
辉煌呵　要时刻记住天地　自然　远古　历史　文明
　创造
人民　真正的英雄和上帝

62

一个全新的世界　如同一座金字塔
矗立在太平洋西岸　它脚下的波涛
是中国澎湃春潮的潮头
正朝着一个更宽阔　壮丽　辉煌的航道奔腾
每一层波浪　每一朵浪花都闪耀新的期待　新的召唤

他走来了　他带着春天绽放给大地的缤纷
给时代的全新课题　给岁月的飞翔时空
又在深思和展望　三十而立之后　神州该是怎样的景象
"不谋万世者　不足谋一时　不谋全局者　不足谋一域"
此刻　他心中也有一个大海在汹涌激荡

他站在深圳大学城体育馆主席台上
在国歌雄壮悠扬的旋律中深情凝望　他看到了
整座城市的鲜花　林木　高楼　街道　学校窗口的阳光
他看到了祖国九百六十万平方公里的蓬勃　辽阔和多姿
　多彩
他的声音里顿时注入了彩云和清风的流畅和绚烂

"面向世界　面向未来　永不僵化　永不停滞
不为任何风险所惧　不被任何干扰所惑"①
这是大鹏扶摇直上九天的庄严宣誓
这是顺应潮流已被历史印证的实践经典
这是党心民心国魂军魂共同迸射的辉煌光焰

这是中国人民实现强国之梦的再动员会
这是创新理论发出的最深刻最坚定最豪迈的声音
这是东方太阳又一次雨露滋润东风第一枝
满目春色　万紫千红　正在亿万心中萌动
谁说　理论是灰色的　理论生命永远长青

理论的胚胎总是在探索　旋涡　艰险中孕育
理论的大树总是在勇气　思辨　创新的激荡中成荫
理论的光芒总是在迷茫　徘徊　孤独时放射
唯有如此　她离实际　现实　客观最近
她和历史　人民　未来最亲

理论有时神秘　沉寂　遥远　静默
理论有时惆怅　凄清　伤感　怨恨
她需要摆脱无名的羁绊　非议　冷漠　粉饰
她只钟情忠实　坦荡　神圣　成熟　坚韧
她始终是花与树的相守　风与雨的同行　冰与水的透明

有雾的眼睛　有尘的心灵　有苔的思想　有染的感情
永远都是灵魂和生命的悲哀和不幸
我们不能忘记古老　古老会让我们站得沉稳

---

① 胡锦涛 2010 年 9 月 6 日在深圳经济特区建立三十周年庆祝大会上的讲话摘录。

把自己交给文明　开放　交给草原　骏马　交给灯火
　　阳光
我们就会在失落　放纵　遗弃中找回失去的号角　自我
　　和歌唱

就会用手中的镰刀割断愚昧　落后和封闭的旧恋
就会用铁锤砸碎冠盖　依赖　虚荣和浮华的宫阁
我们的理想和信仰的巍峨　要用文明和解放垒起
我们的崇高和至尊的脊梁　要用拓荒和文化铸就
我们的爱情襟怀和终极寻觅　永远是对太阳的虔诚

去年的7月1日　是母亲的生日　我到了河南林县
我是去寻访母亲留在那片土地上的一根青丝
有一位作家　他形象地描绘半个世纪以来的祖国
有太多对红旗的膜拜　把红旗神化成任何一件事物的化身
红旗也像太阳一样　升升降降　降降升升

原是"引漳入林（县）工程"当时被命名"红旗渠"
红旗渠的身影出现在一百多个国家和地区
外国友人惊叹　来中国不看红旗渠
等于没有来到中国　红旗渠能代表中国
中国为什么会有红旗渠

我忽然想起两句古诗　"问渠哪得清如许
为有源头活水来"　这活水来之不易
靠了林县人民悬岩凿渠　移山填壑　流血流汗
傲霜斗雪　风餐露宿　百折不挠　锹　镐　铁锤
钢钎　苦干实干巧干和拼死干

外国友人赞誉红旗渠为世界第八大奇迹

国人称其是除长城之外的第二个伟大工程
就是这条日日流淌活水的人工天河
被评为"全国重点保护文物"　它将永远
讲述中华民族意志　气度　情怀和热血生命的壮美辉煌

我登上青年洞的石台阶　我抬头凝望
头上嶙峋巨石的雄奇　灵魂便逐流水去穿越
峰峦叠嶂的胸腔　是想融入这红旗的心脏
倾听人与大自然的默契　天地与鬼神惊叹的对话
去真切感受这一渠水　一重天　一片朝霞　一个世界

遥忆蜀守李冰治水　修筑都江堰
使水旱从人　不知饥馑　遂筑天府之国
全在心系苍生　敬畏自然　官民同求　汇力成河
这该是不绝的文化血脉和雨露恩泽之激情
这便是山河沉浮　岁月颠簸的不朽雕塑

理想的永恒历史从嬗变　衰败　兴废
无不在理论　文化和人类的自觉之中进行
有学者言之　文化　社会　历史统一于人的活动
于是文化是人的活动成果　社会是人的活动方式
历史是人的活动过程　人是活动的主体

于是　人与人　人与自然　人与社会
都在互生共济之中　开辟认识真理的窗口
给照耀世界的太阳　赋予最彻底的生存智慧
理想精神　时代特色和价值灵魂
让宇宙中的一切都回归自然的和谐之路

中国共产党人　是在寒冷的黑夜呼号

是在积贫积弱的土地上叹息　是在受尽奴役
和压迫的深渊中站起来　挺着被创伤的脊梁
在矢志不移地寻找属于自己的阳光　在血泊和煎熬中
认识世界　涅槃自我　改造世界　铸造光明

于是　大海懂得了壮阔与奔腾
湖泊学会了思考和宁静　云霞变得斑斓轻盈
炊烟也有了高蹈的哲思　苍山更知道深邃和凝重
即使是哲学　诗歌　宗教　抑或羔羊　蝴蝶
都知道拥抱尊贵　崇高　纯洁　优雅　博爱　自由与和美

在苦难　曲折　失败　艰险　绝望里跋涉的每一个党员
从皮肤到血脉　从头发丝到双脚踏响土地
从亮光到熄灭　从日升到日落　从月圆到月缺
终于一次又一次攀登　一点又一点收获　才在星火点燃
　　的山冈
白鹭奋飞的船头欣赏到细微的期盼

思想的光芒染红旗帜的经纬
理论的钻石闪耀出精神生命的霞光
那是无尽真理的故乡　那是朝圣者的宝典
那是被古老文明和西方幽灵镀亮的钥匙
它要打开一扇照亮心灵与路途　渴望与永久旭日之门

是呵　就是这颗升起在红船上的旭日
它庄严地把民族独立　人民解放　国家繁荣
共同富裕　走向全面小康的现代化的使命光辉
洒在一个又一个伟大而壮烈的历史性转折点上
它始终气宇轩昂地在引领导航

没有共产党就没有新中国
没有真理的旗帜飘扬　就没有天空的晴朗
只有中国特色社会主义　才能拯救发展中国
只有把社会主义与中国具体实践结合　才能乘风破浪
太阳孕育的骄子　才能把前行的桨划得更雄壮

夜来了　我们不再怕黑暗　因为心中时刻有太阳
起风了　我们不再怕风沙　因为眼睛亮如月光
破碎的蹄声　不能　让我们胆颤
血色的黄昏　不能　使我们失望
我们前进　挺立　头顶有金灿灿的光　脚下有绿茵茵的地

我多么想走进远古的森林　去采摘一片幽思　一缕忆念
去送给正在休息的马克思　恩格斯
我多想　再去一趟莫斯科　悄声问候列宁
告诉他毛泽东和他的继承者　他的国家和民族
他的人民和历史　仍然在进行诗意盎然的新长征

如果真有一天　这些愿望得以实现
我一定会用父亲给我做的胡琴打破黎明的朦胧
让自己走进梦想家园的花团绿荫　鹂歌小径
就像孩子去看望母亲　要用圣洁美丽的感恩之心
捎上生命的甜蜜壮丽和新世纪最初的潮涌

63

她出生在延安的窑洞　第一声啼哭就沐着阳光
她是一位能文善摄影的女将军　从小就饱尝太阳的温暖
她心灵深处的爱和眷恋　全都在杜鹃花的血色里燃放
她是毛泽东的儿媳　她是最懂父亲的情怀和惦念

她送给我的《毛泽东之路》犹如一座光芒四射的灯塔

我因组织策划拍摄电影《秋收起义》
也因许多机缘与她相逢漫谈
她不止一次动情地告诉我　父亲的额头
是多么宽大饱满　容纳着古今中外　大千世界　宇宙全息
他常用拳头敲击额头　在思索国家的命运　民族的兴盛

她说　父亲的心始终火热而充满深情
始终怀着忧虑　怀着感伤　怀着理想　怀着展望
他走时　三十六分的不情愿　七十二分的不甘心
也许您不能原谅自己　但您的人民原谅您
永远原谅您①

父亲的一生是光辉的　晚年的他却走向了迷茫
结果与他的初衷相差得那么遥远
1966年呵　时代把平凡的父亲推上了神坛
几乎所有的人都疯狂了　父亲也在他人生画卷上
写下了几笔悲哀②

我在想　《经纶外　诗词余事　泰山北斗》
毛泽东熟读中国传统文化典籍　他的学识见解
谁能堪比　从四岁开始发蒙
足足读书八十年呵　就在生命的弥留之际
他最后还听了七分钟的书

这真是活到老　学到老　学到死　该给我们什么启示
该让我们明白什么道理

---

①② 参见《毛泽东之路》邵华著，云南教育出版社2001年6月出版，第19页。

没有文化的军队是愚蠢的军队
而愚蠢的军队是不能战胜敌人的
有念如此　毛泽东竟带着文房四宝万里长征

毛泽东对身边的人说　文房四宝不能丢掉
我要用我的文房四宝打败蒋介石　国民党
在他的心中　"纤笔一支谁与似
三千毛瑟精兵"①
竟将支笔喻千军　原是字里有乾坤

也是他感叹　文王拘而演周易
仲尼厄而作春秋　屈原放逐乃赋离骚
左丘失明　厥有国语　孙子膑脚　兵法修列
不韦迁蜀　世传吕览　韩非囚秦　谁难孤愤
诗三百篇　大抵圣贤发愤之所为作也②

这就是读书与著书立言的神性
这就是名山事业中国文人的宗教
这就是文治武功文韬武略的玄妙
这就是看书学习读懂弄通马克思主义
和发展马克思主义的唯一选择和智径

细想 1945 年 8 月　毛泽东 1936 年写于陕北的《沁园春·雪》
在重庆《新民报·晚刊》发表　那笔落惊风雨
诗成泣鬼神的巨大轰动　召唤了多少仁人志士
对延安宝塔山　对共产党心向往之
激荡着反对国民党独裁统治　争取和平　民主　自由的

---

① 毛泽东写给丁玲的词《临江仙》。
② 参见《光明日报》2010 年 9 月 4 日《读书》《经纶外　诗词余事　泰山北斗》，朱向前文。

波澜

这是文化点燃的灵魂精神的火炬
这是一个国家和民族永不枯竭的理想主义源泉
这是伟大灿烂文化承传和创造的炫丽光辉
这是继往开来　实现美好期待的血脉纽带
这是汇聚中华民族最大凝聚力和向心力的历史砥柱

我们只有不断学习　永远地高擎先进文化的旗帜
我们只有勇于进取　永远地开辟认识真理的天地
我们就一定会从战略高度和世界潮流
深刻认识把握文化建设的方向
在新的历史航道上豪迈地扬起文化的风帆

一曲《义勇军进行曲》唤起四万万同胞
一幕雄壮的音乐舞蹈史诗《东方红》
鼓舞我们豪气冲天去战胜严峻的困难
一篇《实践是检验真理的唯一标准》的文章
激起的思想浪花汇成了改变中国人民命运的巨浪

文化是太阳光辉的内核和原点
文化是冲决思想牢笼的精神风暴
文化是润物无声的细雨春风
文化是雕刻心灵的神丹妙药
文化是永远的人间生命的养料和阳光

有了文化　历史会走出沉重　悲凉　迷茫
有了文化　冷酷　浮躁　平庸会变得温情　平静　激奋
有了文化　物欲和贪婪会变得理性节制
有了文化　空虚　脆弱　狂妄会变得坚强　仁爱

有了文化　阴影会变成光明　单调会变成丰富　颜色愈加灿烂

让我们卸去没有文化的苍白吧
去纵情地翻开久违的唐诗宋词
去诚实地坐在书桌前　抚摸早已冰冷的墨砚笔
重新像初恋一样亲吻心中的渴望
那又会拥抱一个何等甜蜜而美妙的圣洁天堂

尾　声

有多少道德体系和政治体系经历了被发现、被忘却、被重新发现，被再次忘却，过了不久又被发现这一连续过程，而每一次发现都给世界带来惊奇，好像他们是全新的，充满了智慧。

——〔法〕托克维尔

64

2010年9月的一天
瑞士　巴塞尔市的巴塞尔剧院前
一座巨大的红色迎宾屋拔地而起
虽说是塑料材料　然而造型异常优雅别致
屋顶是中国传统的"卷棚"　窗户则是瑞士典型的
建筑风格　她的灵魂和骨骼　形象的设计
原来是瑞士的孔捷和中国的杨健　应有一个
最好的名称呵　或许是苍天的授意
容器　便堂而皇之地把名字镌刻在
迎宾屋的红色里　飘飞在瑞士天空的彩云端

也许世人要问我　诗人为何在仰望太阳时
要倾情描叙一个这样的故事　您问得真好
你知道吗　太阳的胸襟有多大　太阳的情怀
有多深　太阳的思想有多亮　太阳的光辉

有多灿　你知道吗　日出日落　是生命的轮回
辉煌澄清　是灵魂的真像　只有容器
才能读懂和承载这一切呵　于是
中国的古今文化宛如阳光　瞬间照亮人间天堂
于是古罗马斗兽场披上了"中国红"
意大利的罗马又奏响了中国的交响
这或许可以命名为"融会"　只有融会
国际之间的文化才能汇成七彩斑斓的海洋
中国的《茉莉花》能和意大利的音乐《飞吧　思想　乘
　着金色的翅膀》
在异域多少向往和谐和美好的心灵上飞翔
历史　现实　经典　文化　艺术　宗教　意志　情感
都会有过眼烟云　把人生的感悟和追寻雕刻成忆往
唯有不变和恒久的存在是艺术的魅力和思想的遗产
才会让世界视野　人类情愫　传统光芒一如波浪
莫扎特的《唐·璜》在北京上演　犹如夜空的月亮
圆了高雅艺术生命的深情渴望　什么是史诗和时代感
什么是神话和诗意栖息的故乡　请看上海世博的日子
哪一天　哪一刻　哪一秒没有幸福和遐想的甜蜜激荡

人类世界的携手　文明果实的交相辉映
岁月长河的回望　未来宇宙的梦幻
都在我们心中　手上　平等与博爱里摇滚呵
那原本生命的尊贵和高雅才真正赋予了理想的灿烂
不需要故作高深　也不必附庸风雅
更不须顾影自怜和寂寞孤芳
心中有甘露　掌中有棋盘　袖口有清风
就会自然还原那一片流连的风景　那一汪
圣洁的石泉　那一座不怨不忧不愧的人生殿堂

此刻的我　要追问"挪威诺委会"①
你的天空　是否布满了阴云　你的心脏
是否颤动着杂音　否则"和平奖"的光环
不会这样黑暗　假如诺贝尔醒来
我相信　他一定会哀叹　怎么有这样的不肖之徒
撕裂他真理和至尊至美的肝胆
地球上生息的植物和人自身　谁都崇尚自由　和平　幸福
"和平战士"的称号和言行　品德和情操　才智和弛张
无不烙上时代和大势的印记　就那么几声无病的呻吟
就那么几页浅薄的文字　能证明呓语比真理更深沉
臆想比现实更耀眼　主观比客观更庄严
俄罗斯国立人文大学开办了孔子学院　我不知道
挪威"诺评委"②　是否看到了那缕东方的曙光
是怎样照耀人类向往和平的漫漫前程　请君少一点傲慢
多一点自尊　少一点仆性　多一点清醒　少一点献媚
多一点智明　如果硬要让灵魂去拥抱那个世界霸主的贪婪
历史终会裁决　失道堕落　得道升平
东方的森林　东方的江河　东方的云霞　东方的汉字
都在拭目以待　离离原上草　终能见枯荣
大漠尘埃里　日月有缺盈
让我们就这样倚着栏杆　在宁静里放飞思想
放飞灵感　放飞诗思　放飞彩翼　放飞
永远向往的东方太阳

在德国一个乡村的小镇

---

① 指挪威诺贝尔奖评审委员会。
② 指挪威诺贝尔奖评审委员会成员。

面对土地上开放的花朵　吐出的嫩芽
长高的大树　还有枝头挂满的果实
有一位叫约翰·哥特烈勃·费希特的人在想
它们是什么　它们为什么会这样

他带着这个问题　在自然界中寻找了答案
他要得出合乎逻辑的结论
他为了破解这个谜　总是让狂躁与愁苦
吞噬自己的心灵　让梦魇的翅膀
领他逃出困惑的迷途

终于　有一个陌生的精灵钻进他的灵魂
对他说　可怜的人呵　你以为自己很聪明
其实你犯下了太多的错误　我要给你新的启示
你听着吧　你不要笃信周围的事物
只是在你自身之外的存在

正是这个精灵　让费希特找到答案
他知道了土地为什么开放花朵　吐出嫩芽
长出大树　枝头结出果实　他明白了一条真理
只有凭借信仰　才能完成使命　才能真正相信
自然带给我们人类的见解和呼声

于是　费希特同样告诉我们　所有人类的使命
就是团结在一个整体性的世界里　所有个体
具有类似的文化　都紧紧地结合在一起
只有站在自然和文化的窗口瞭望
我们才能展望通向另一个世界的景观[1]

---

[1]　见《思想的盛宴》汉默顿[英]著,九州出版社2005年第1版,第491页。

是呵　在这个世界上多少怀着高尚使命的精英
在一心想追寻人类更好的世界　从工业革命开始
世界进入文明多元化跟一元化激烈博弈的时代
18　19 世纪欧洲的"殖民运动"
夹裹着基督福音向世界各地强行撒播

那个太平洋彼岸的美国　早已不甘寂寞
就在 20 世纪那个早晨　自己充当起"世界中心"的角色
鼓吹世界文明一元化　企图将弱势国家和地区
漫长岁月铸成的文明传统　扼杀　鄙弃和摧毁
为推行"一元主义"甚至挥舞刀枪　炮火

没有谁会在刀枪　炮火　欺骗　恐吓前屈服于真理
没有谁会在经济全球化和科技现代化的大潮前沉默
文明多元化的呼声撞开了 20 世纪末的世界闸门
文明进步的巨大动力　催生了新世纪文明对话的思维波澜
世界天空的民族智慧　国家尊严　灵魂自由
在战胜一切的强霸和贪婪

人类需要彼此了解　理解　友善　包容　坦诚
世界需要和谐　共存共荣　幸福　安宁
自然需要与人群　与社会　与未来相生相伴
人心需要与人身　欲望　情感　意志　沉静与纯洁
国家　民族　地区需要平等　互利互惠　尊重　和平

东方的太阳　以其中华民族的伟大传承和现实火焰
铸就了独树一帜　几千年一统和稳定的文明基因
她始终高扬的道德伦理　仁爱的大旗
视自身为宇宙一员的

"和为贵""和而不同""兼爱交利"的文化理念
像阳光一样在全世界传递　闪亮

这就是　一个国家和政党的历史担当
这就是　一个民族和人民的文化自觉
这就是　中国最先走出世界金融危机的神光电火
这就是　面对霸权危机　强势和断裂的伟力和顽强
这就是　抵制文明移植的终极真理和哲学基石

是的　面对当今世界　就是面对未来
就是面对挑战　竞争　面对美好和期待
国家形象塑造　民族精神弘扬
国家战略选择　社会文明和谐
全都与时代共命运　同激荡

世界的工业化　现代化　城市化
世界的多极化　多元化　多样化
无时不在震动一个重大的主题
战争与和平　崛起与衰败
都在考验衡定一个国家的兴衰

中国的模式　已张开博大的胸怀
始终坚持走和平发展之路
主张世界多样化和国际关系民主化
愿把鲜花彩云铺遍世界
为人类文明繁荣进步携手同行

未来几十年　那是金色云霓的时代
中国人民要用诗意的创造　描绘
2020年建成的全面小康社会

要用梦幻的色彩　装点新中国
成立一百年时　现代化的壮美神奇

那将是一种哲学命题的精彩问答
一种太阳情结的温暖凝聚
一个真实中国的青春生命绽放
一曲拥抱壮观的世纪交响
一步新的攀登的锦绣风光

这将出现的对古老的万种回顾
对叱咤风云的千般豪壮
就犹如奥秘催生火红
花魂抒情美丽　头颅
叩问苍穹　天堂　感动上帝

是的　这就是理想　融于
土地的崇高　思想点亮闪电
的神圣　让我们用陶片
竹简　脚印　地平线写
新的通途　新的远征和新的光明

是的　这就是中国红船的灵魂
船头旗帜的信念　是波浪永远的生命
是江河希望和壮丽的歌声
是船长和水手们心灵的朝霞
是青春少女　美丽眷恋的洁白琴音

让我们高举起手中抵达中华民族伟大复兴的船票
用心中的祝福和欢乐传递共同拥有的阳光
让我们挥舞手中鲜艳如霞的花朵

酿出美酒去祭奠火凤凰带给古老神州的天堂
让我们面向滔滔而去的岁月之河　开怀畅饮呵

2010 年 11 月 27 日晨于湘江之滨

淡泊书斋　第三稿

后　记

> 我爱你，以我终身的呼吸，
> 微笑和泪珠　假使是上帝的意旨
> 那么，我死了还要更加爱你！
> 　　　　　　　　——勃朗宁夫人

　　我不知道诗人写这首诗时的具体感情走向，但有一点我是很清楚的，诗人的所爱是用整个心灵和生命，乃至永远的灵魂眷恋。一个人的爱到了这种极致，我想，一定会有其深层的缘由，一定是无限理性和圣洁诚实的至爱。在人生的跋涉中，让我的心灵常为之牵动和思索，常为之激动和感奋，常为之困惑和痛苦的，则是对自然、对社会、对人世、对宇宙、对未来的自我认识和感忧。我不是一个十分看重自我命运的人。几十年的学习、生活、工作、奋争乃至爱恨忧乐、欣赏、慰藉，我太多是在书林和现实某些时刻的宁静中去收获和品味。也因此我从小受父亲的影响，在读小学时就开始了学写诗。我明白自己没有诗人的基因和天赋，只是因为爱，爱我所爱，爱我所忧，爱我所恋，爱我所敬，爱我所亲，爱我所梦。才如此长久不弃地爬着格子，播种着诗的花籽。至于诗之花，诗之树，是何等景况，全是随其自然，而终不怨悔。

　　与许多同时出生在新中国阳光照耀下成长起来的作家一样，我曾经的梦想、青春、生命的颠簸和人生道路的坎坷，乃至对真理、信仰、崇高情感与心血、智慧的倾注选择，无时不让自己的热血和心跳沉浮在某种苍凉、沉重、悲壮和激越、飞扬、徘徊的状态。我感谢共产党，感谢祖国，感谢父母，感谢人民，感谢阳光、空气，乃至树木、花草、雨露、泥石、蝶影、雷鸣、蛙声。尽管我的生命旅途也流过眼泪,有过心灵的创痛,甚至划出过一条细小的血痕,但我依然要歌唱心中的太阳,东方的圣母。因为她已经不光是物质的灿烂和温暖,更是心灵的灯塔,宇宙的灵魂,上帝的意志和旋转不停的光之罗盘……

　　我选择的歌唱方式是诗歌。诗歌曾经是我脆弱生命的支撑,命运的知音和意志的泉石。她是那样真诚、纯洁、清贫、柔情,而又那样执着、坚韧、容忍,无悔地伴我行走,伴我思索,伴我悲伤,伴我寂寞,伴我倾诉,伴我拼搏,伴我远行……

　　为了创作这部长诗,我在准备期间,除了阅读了大量的有关文献资料、人物传记,还有目的地专程去韶山、上海、武汉、井冈山、通道、遵义、延安、西柏坡、北京等地访问、参观考察。所读之书、所访之处,让我深受教育启迪。每每被感动得夜不能眠,彻夜挑灯倾吐心中的感想和激动。人一旦进入这种创作状态,虽然有时很感劳累疲倦,但一看到笔下跳动的方块汉字在绘声绘色、真切诚笃、远离尘嚣、走出俗念,纵情抒发着自己灵魂深处汹涌的诗思时,那种无法言表的舒畅和幸福,已成为我生命时光里最珍贵的记忆和想象的美妙境界。

　　在这里,我尤其要感谢人民文学出版社,在诗歌出版发行并不乐观的景况下,支持我这部长诗的出版。尽管我的感谢是如此的清淡,于世俗而言,更无足轻重,但我还是要借《后记》表达我的这份感激。因为我知道,诗歌就是诗歌,没有别的东西别的艺术可以代替它宽阔的胸怀和人性的诚实,至真至美的神奇境界与魅力。

　　写这部长诗,或许会有人误解,这一定是一部充满溢美之词的浅薄,充满概念说教的呆滞,充满空泛虚脱的苍白的政治诗歌。然而,我要告诉我敬重的读者,我的心和血,我的情和志,我的魂和梦,都一直在叮嘱我,该怎样表达我们共同的期盼、愿望和祈祷!

　　因为如此,我始终坚守自己的理性、真诚和激情!正如米罗所言:"一定如此,必定如此。"

　　因而不管这部长诗的命运如何,请相信我的每一行诗拉出的无骨之线,每一个字闪烁的鲜明色彩和每一节传递的诗心深层对历史、现实和未来的沉思、隐痛和向往,都会站在"艺术是对于真理的直感的观察,或者说是寓于形象的思维"(别林斯基语)的坚定立场和生命体验对艺术的禅悟,悄悄地满怀敬意地推开你的心灵之门,带着婴儿般的圣洁,月光般的深邃,磐石的坚挺,宇宙的壮阔和鲜花般的柔美与你相遇。

作　者

2010 年 11 月 27 日晚于

湘江之滨淡泊书斋